„Genauso", sagte ich zu ihnen, „lacht man jetzt vielleicht auf dem Mond einen aus, der behauptet, diese Himmelskugel hier sei eine Welt."

Aber vergebens führte ich an, dass Pythagoras, Epikur, Demokrit und in unserer Zeit Kopernikus und Kepler dieser Meinung gewesen seien, ich erntete nur von neuem großes Gelächter.

aus:

„Les États et Empires de la Lune"

von:

Savinien Cyrano de Bergerac. (1619 - 1655),

(Edelmann und Schriftsteller, Science-Fiction Autor)

Meinen Töchtern Sophie und Vanessa gewidmet

Thorsten Klein

PSYCHE

6. Buch

Per Aspera Ad Astra

Roman

www.tredition.de

© 2020 Thorsten Klein
Umschlag, Illustration: Thorsten Klein

Verlag & Druck: tredition GmbH,
Halenreie 40-44, 22359 Hamburg

ISBN
Paperback   978-3-347-17868-7
e-Book   978-3-347-17870-0

Inhalt

PSYCHEs Geheimnis (oder wie die Geschichte endet)

Verwirrt?

Der Ausgang des fünften Buches sah so aus, als mache Richard Renatus gemeinsame Sache mit Aidoneus. Nicht nur das. Er mache die auch gegen den Neuen Hohen Rat. Und er stellte sich gegen Sakania und Wihtania?

Waren diese Widersprüche zu lösen?

Ich hatte schon lange meine Theorien zum Weitergang der Geschichte und konnte es deshalb kaum erwarten, mich in Trance zu versetzen. Peta erschien schnell. Er trug keine Uniform, sondern einen Businessanzug.

Auf meine Begrüßung nur mit einem Nicken antwortend, kam er sofort zur Sache: Er komme aus der Zeit nach meiner Erzählung von PSYCHE. Die sei ziemlich anstrengend.

Alle Zivilisationen, die noch eine Rechnung mit den Selachii offen hatten, seien nun auf PSYCHE aufgetaucht. Ganz so, wie Richard Renatus es prophezeit habe. Deshalb bleibe ihm nur wenig Zeit, die er meiner Neugier widmen könne.

Wenn ich nichts dagegen hätte, würde er sofort beginnen, seine Geschichte zu beenden.

Ich hatte nichts dagegen, denn ich wollte hören, ob meine Vermutungen, welche Geheimnisse Psyche mit der Terra Nostra verbanden, richtig waren.

Thorsten Klein, Großenhain, den 19.02.2017

Prolog: *Ein friedlicher Kriegsgott*

Ort: *Großenhain, Wohnung des Chronisten*

„Cleverer Schachzug, dein Buch mit dem Start der Raketen zu beenden", begann Peta anerkennend, während er unruhig in meiner Stube auf- und abging.

„Wenn man einen solchen Cliffhanger geboten bekommt, sollte man ihn auch nutzen. Es musste ja trotzdem weitergehen, denn zwei Raketen mit Wasserstoffbomben können keine Welt vernichten."

„Aber sie können den Krieg provozieren, in dem diese Vernichtung stattfindet", gab Peta zu bedenken.

„Ich habe keine große Lust, schon wieder über Krieg zu schreiben. Ich hasse Krieg. Und ich war mir sicher, dass die Psychaner keine Lust hatten, wieder in einen solchen hineingezerrt zu werden."

Beim letzten Satz musterte ich Peta, der erstaunt stehengeblieben war. „Du hast es gewusst? Wieso?"

„Ich weiß es von Richard Renatus. Denn ich habe gelernt, ehemaligen Deutschlehrern gut zuzuhören. Richard Renatus hat eine Einmischung verhindert. Allerdings mit den Worten, Psyche, so wie es ist, müsse vernichtet werden. Ich war mir sofort sicher, damit meinte er keine Vernichtung im physischen Sinne."

„Menschen", erwiderte Peta verächtlich, „und ihre Intrigen und ihr Sinn für Doppeldeutigkeiten. Ich habe länger gebraucht, um es zu erkennen. Allerdings war es noch nicht zu spät."

„Du hast den Raketenstart rechtzeitig verhindert?"

„Nein. Ich habe verhindert, dass daraus ein Krieg entsteht. Dabei war das gar nicht nötig. Die Raketen konnten keinen Schaden anrichten. Mehrfachsprengköpfe hin oder her."

Auch das hatte ich geahnt. „Jemand hat darüber gewacht. Jemand, der über alles wacht, was auf Psyche geschieht."

„Wenn du damit den Neuen Hohen Rat meinst, muss ich dich enttäuschen. Auch die kamen zu spät", erklärte Peta.

„Den Neuen Hohen Rat meine ich nicht. Ich meine den Ursprung von Psyche und das, was die Terra Nostra mit Psyche verbindet."

„Dazu hast du eine Idee?", staunte Peta.

„Die habe ich schon dem schwarzen Herzog erläutert. Da er danach ziemlich beleidigt war, nehme ich an, ich lag richtig."

Er sah mich erwartungsvoll an und ich erklärte ihm, was ich Richard von Waldenburg bereits erklärt hatte.

„Bis auf ein paar Details vermutest du richtig", stimmte er mir zu. „Das Problem lag nun nur noch darin, dass auch die Psychaner zu dieser Erkenntnis kommen mussten. Sie alle. Und ganz allein."

„Ganz ohne göttliche Hilfe?", fragte ich spöttisch zurück.

„Ohne göttliche Hilfe? Wie sollte denn das gehen? Natürlich waren sie weiterhin darauf angewiesen, dass wir sie an die Hand nahmen und ihnen den Weg wiesen."

„Du willst mit dem Neuen Hohen Rat zusammenarbeiten? Du?"

„Natürlich nicht. Ich würde weiterhin den bösen Polizisten spielen. Das liegt mir einfach. Dann konnten die vom Neuen Hohen Rat die Guten sein. Sie wollten es nicht anders."

„Und Richard Renatus gab weiterhin den Schiedsrichter", ergänzte ich. „Diesen Status hatte er sich ja redlich verdient."

„Nicht nur er. Auch die anderen Götter seiner Generation strebten diesen Status an. Dieser Generationswechsel war wichtig. Genau, wie die baldige Befreiung Psyches. Wir wussten, was uns danach erwartete, und würden dadurch vorbereitet sein."

„Solch kryptische Anspielungen habe ich schon in den vorherigen MindScripts gehört", war ich neugierig, „ohne, dass sich jemand näher dazu geäußert hätte."

„Darauf wirst du auch noch warten müssen. Erst erzähle ich die Geschichte Psyches zu Ende. Dann kannst du gern erfahren, wie es danach weiterging."

„Gut", stimmte ich zu. „Dann erzähl zuerst, wie es auf Psyche weiter- und zu Ende ging."

Diesmal war ich vorbereitet, als mich Peta durch die Tiefen der RaumZeit direkt nach Psyche mitnahm. Aus der Götterperspektive sahen wir, was Sie nun lesen können.

1. Kapitel   Top Secret

„Niemand wird irgendetwas von einem Satelliten auf Sie her-
unterwerfen, während Sie schlafen, also machen Sie sich keine
Sorgen darüber."

Charles E. Wilson, US-Verteidigungsminister, (Erde, 1957)

Ort: Psyche, Scandia, Schloss Gripsholm

Der Neue Hohe Rat sah in einer MindNetProjektion,
was mit den beiden Atomraketen geschah.

„Meint ihr, die Psychaner werden das herausbekommen?", fragte Takhtusho in die Runde. „Werden sie herausbekommen, dass durch Sabotage zwei Atomraketen gestartet waren, ohne in der Lage zu sein, ihre tödliche Last
abzuwerfen?"

Ehe noch jemand antworten konnte, verwandelte sich
die MindNetProjektion in einen Körper. Der materialisierte
sich und stand plötzlich zwischen den Mitgliedern des
Neuen Hohen Rates.

Man hätte meinen können, der schwarze Herzog sei erschienen. Allerdings war diese Version von ihm scheinbar
10 Jahre älter als der Herzog. Scheinbar Anfang dreißig.

„Darf ich euch meinen Urgroßvater väterlicherseits vorstellen", räusperte sich Takhtusho, „den Arbiter Deus Deiwos, den Vater von Robert und Richard von Waldenburg?"

„Dass ihr beiden schon ziemlich weit in euren Erkenntnissen vorangekommen seid, hat Unsere Aufmerksamkeit erregt", antwortete der Vorgestellte, während er Bcoto und Takhtusho anerkennend zunickte.

„Wie ihr wisst, lehnen die Selachii jedwede Materialisation ab", fuhr er fort. „Aber es gibt auch Götter im Status des Arbiter Deus, die sehen das anders. Ich habe mit Freude gesehen, wie ihr euch gegen Richard Renatus gestellt habt, und biete euch Unsere Unterstützung an. Gegen ihn, wenn ihr wollt."

„Wir sollen uns gegen unseren Lehrer stellen?", fragte Sakania bestürzt.

Deiwos lächelte. „Hast du das nicht bereits versucht, als ihr erkennen musstet, er macht mit Aidoneus gemeinsame Sache? Mit Unserer Unterstützung werdet ihr Erfolg haben. Und? Nehmt ihr Unsere Hilfe an?"

Ort: Psyche, Llano Estacado, Texas

Mit Hilfe des Military Police Corps war die Ordnung in der Raketenbasis bald wiederhergestellt.

Es gab kein Absperrband, das Unbefugte darauf hinwies, dass sie diesen Tatort nicht betreten durften.

Nur Militärpolizisten, die mit dem Rücken zum Ort des Geschehens standen. Ihre grimmigen Mienen genügten, jeden neugierigen Zivilisten abzuschrecken.

Die sollte es hier aber sowieso nicht geben, denn es war militärisches Sperrgebiet. Trotzdem schlenderte irgendein

13

Zivilist im nichtssagenden Straßenanzug über das Gelände und näherte sich der Postenkette.

Für die MPs hatte er ein Lächeln und ein Schriftstück. Die hatten ihre Vorgesetzten, die weitere Vorgesetzte herbeiriefen, bis irgendein General erschien.

Der las den Zettel und nickte.

Ort: Psyche, Kamtschatka, Raketenstation

Der General las das Schreiben und sah die Marschallin an.

„Soso, Sie schickt also das Politbüro", kommentierte er, was er gelesen hatte.

„Es heißt jetzt Präsidium", korrigierte ihn die Marschallin.

„Politbüro klingt zu sehr nach dem Genossen Wissarew?"

„Sie sollen ein glühender Anhänger des Genossen Wissarew gewesen sein und befürwortet haben, wie der oft mit eisernem Besen kehrte", meinte die Marschallin.

Der General musterte die Frau eine Weile. Dann lächelte er und wies nach vorn, wo einige Menschen in verschiedenen Uniformen herumlagen. Tot, wie sie wusste.

„So etwas hätte es unter seiner Ägide nie gegeben."

Wihtania musste nicht hinsehen. Sie wusste auch so Bescheid, was hier geschehen war.

„Genosse General, ich weiß, dass Sie daran beteiligt sind und ich weiß auch warum", antwortete sie deshalb verächtlich. „Ich kann Ihnen nicht versprechen, Ihren Dienstgrad zu retten. Aber weinigsten Ihren Arsch will ich retten. Wegen dem, was Sie im Krieg gegen die Nazis geleistet haben."

„Ich tue auch hier nur meine Pflicht."

„Die darin bestand, Raketen auf die Amerikaner abzufeuern zu lassen?", fragte Wihtania scharf.

„Verdächtigen Sie mich, an der Sache beteiligt zu sein?"

„Verdächtigen? Ich habe ausreichende Beweise dafür."

Sie sah das ungläubige Lächeln. „Sie glauben mir nicht? Dann werde ich Ihnen alles erzählen, was ich weiß. Danach überlegen wir gemeinsam, was davon der Genosse Chruschtschow zu hören bekommt."

Ort: Psyche, Llano Estacado, Texas

„Das ist alles, was ich von Ihnen zu hören bekomme?" fragte Schuler ungläubig.

Der General lächelte. „Mehr haben unsere Ermittlungen bisher leider nicht ergeben."

„Das bedaure ich sehr, Herr General. Die Ermittlungen meiner Behörde sind da wesentlich weiter. Wir wissen nicht nur, wer die Toten sind, die hier herumliegen, wir haben bereits alle Verbindungen gecheckt, die sie hatten. Daher wissen wir auch, wer hinter diesem Anschlag steckt."

„Sicher die Russen", vermutete der General. „Ich tippe mal auf die SMERSch."

„Falsch geraten, Herr General. Die ganze Sache ist eine rein amerikanische. Das ist sehr traurig, aber eindeutig erwiesen. Ebenso erwiesen ist, dass Ihnen eine entscheidende Rolle dabei zukam."

Schuler beobachtete lächelnd, wie es in dem General arbeitete. „Bevor Sie sich überlegen, ob Sie diesen Leichen da drüber eine weitere hinzufügen wollen, sollten Sie bedenken, dass ich natürlich nicht ohne Rückendeckung hier bin. Ich denke, an dieser Scheiße sind genügend gute Amerikaner gestorben. Lassen Sie uns also überlegen, wie es jetzt weitergehen kann. Was war Ihr Plan?"

Ort: Psyche, Kamtschatka, Raketenstation

„Ihr Plan war, den Genossen Chruschtschow durch den Genossen Breschnew zu ersetzen. Der ist leider gescheitert. Denn der Genosse Breschnew wurde festgenommen und wird vor Gericht gestellt. Vielleicht wird man ihm erlauben, weiter dem Obersten Sowjet vorzustehen. Dort kann er keinen Schaden anrichten", erklärte Wihtania einem verblüfft lauschenden sowjetischen General.

Dann ging sie zu den toten Offizieren. „Die Genossen vom SMERSch lassen sich etwas für das Militär einfallen. Die Leute, die hier waren, werden reden. Zumindest untereinander. Dass nichts davon an die Öffentlichkeit kommt, dafür haben wir bewährte Strukturen."

„Sie haben alles bedacht?", fragte der General. „Sind Sie sich da sicher?"

Wihtania sah ihn an. „Ich habe sogar bedacht, dass Sie Gewalt gegen eine Frau anwenden könnten, deren

Dienstgrad über dem Ihrigen steht, und deren Kompetenzen klar geregelt sind", warnte sie den General.

Dann wies sie hinter sich und der General erkannte in den Schemen, die da aus dem Morgendunst aufstiegen, Soldaten und Offiziere. Viele Soldaten und Offiziere.

„Wollen wir dem Schlachtfeld hier noch ein paar Leichen hinzufügen, Genosse General? Oder sehen Sie ihre Niederlage ein?", fragte sie.

Wihtania wartete auf keine Antwort. Sie wusste, der General würde vernünftig sein.

Stattdessen suchte ihr Geist den des DDI Schuler, um zu erfahren, ob der ebenfalls erfolgreich in seiner Mission war, den von Aidoneus verursachten Schaden zu begrenzen.

Schuler war erfolgreich.

Ort: Psyche, Washington, D.C.

Deputy Director Schuler sah auf den Fernsehschirm, dessen Bilder beständig von einem, ruhig Golf spielenden, US-Präsidenten zum jubelnden Nikita Chruschtschow wechselten.

Die Russen hatten einen Satelliten ins Weltall geschickt. Jeder Amateurfunker konnte dessen Signale empfangen. Den Russen gehörte damit der Orbit. Wer den beherrschte, hatte alle Macht über den Planeten darunter.

Es war eine Aufzeichnung, die sich Schuler ansah. Der Präsident hatte sein demonstratives Golfspiel bereits beendet, um den Nationalen Sicherheitsrat zu empfangen.

Ort: Psyche, Moskau, Kreml

Man konnte fast als nationaler Sicherheitsrat bezeichnen, was hier von ausgewählten Mitgliedern des Politbüros des ZK der KPdSU erschien.

Chruschtschow stand auf. „Liebe Genossen, ich habe euch hergebeten, um euch noch einmal den Dank des Volkes der Sowjetunion auszusprechen. Wir haben einen historischen Sieg über unseren Klassenfeind errungen. Aber der schläft nicht. Macht er auch allen weiß, Golf spielen sei wichtiger, als ins Weltall zu fliegen, so wissen wir doch, die Amerikaner werden aufholen."

Er sah sich um, sah aber nur gespannte Gesichter. „Wir haben hier alle versammelt, die für diesen Sieg ihren Anteil geleistet haben. Wir werden nun den nächsten Schritt gehen und einen Menschen ins Weltall schicken. Es wird nur ein kleiner Zwischenschritt sein. Unser Ziel muss darin bestehen, das Weltall zu erobern. Denn dort liegt die Zukunft unserer fortschrittlichen Gesellschaft."

Er sah sich wiederum um. Nur zufriedene Gesichter. Deshalb war er hier. Die Leute sollten wissen, dass es für ihre Arbeit weiterhin Geld und Unterstützung geben würde.

Ort: Psyche, Washington, D.C.

„Wir werden der Weltraumforschung jede Unterstüt-zung zufließen lassen, die sie benötigt. Gehen Sie einfach davon aus, meine Herren, dass Geld keine Rolle spielt. Was Sie benötigen, werden Sie bekommen."

Gemurmel folgte nach diesen Worten des US-Präsiden-ten.

Der nahm es lächelnd zur Kenntnis.

Es war eine vollkommene Umkehrung der bisherigen Politik. Die war aber auch nötig.

Gestern hatte er Golf gespielt. Obwohl er hundemüde war. Denn die Nacht davor hatte er nicht in seinem Bett, sondern in der Air Force One zugebracht und um sein Le-ben gezittert.

Ort: Psyche, Moskau, Kreml, die Nacht davor

„Ich habe um mein Leben gezittert. Wir alle haben das. Es war entwürdigend", grollte Chruschtschow.

Die anderen Genossen zitterten immer noch. Zeigten es aber nicht. Es waren bereits Köpfe gerollt. Ihre sollten davon verschont bleiben.

„Leider hat keiner der Saboteure überlebt", erklärte der Chef des GRU. „Aber es ist uns gelungen, sie zu identifi-zieren. Alles Bürger der Sowjetunion. Keiner mit irgend-welchen Kontakten nach außen."

Ort: Psyche, Washington, DC, die Nacht davor

„Es waren Amerikaner, die uns das angetan haben?", fragte der US-Präsident überrascht.

Der FBI-Chef nickte. „Keinem von ihnen ist ein Kontakt zur Gegenseite nachzuweisen. Keiner ist durch kommunistische Umtriebe aufgefallen."

„Wir müssen alles überdenken, was wir bisher für richtig gehalten haben", sagte Schuler in das lange Schweigen hinein, dass nach den Worten des FBI-Chefs folgte. Dann nickte er dem Secretary oft the Air Force* zu.

„Wir wissen nun, dass unsere Bomberstaffeln nutzlos sind, Sir", erklärte dieser. „Wir können die Langstreckenbomber einmotten. Wenn die Russen in der Lage sind, uns vom Weltall aus anzugreifen, gibt es keinen Schutz für die Staaten."

„Ist das Ihr Ernst? Wir können uns nicht verteidigen?"

„Das Problem ist, Sir, dass wir nicht wissen, wie viele Raketen von dieser Leistung die Russen haben", gab der SECAF zu.

„So viele werden die schon nicht haben", beruhigte ihn der US-Präsident. „Das eigentliche Problem ist doch, dass wir nicht wissen, was aus unserer Rakete geworden ist, die in Texas gestartet wurde. Meinen Sie, die hat irgendwo in Russland eingeschlagen?"

---

* Abk.: SECAF, ist ein direkter Untergebener des Verteidigungsministers im Range eines Staatssekretärs, der für das administrative und technische Tagesgeschäft der US Air Force zuständig ist

Ort: Psyche, Moskau, Kreml, die Nacht davor

„Wir haben keine Informationen, ob unsere Rakete die Vereinigten Staaten erreicht hat, Genosse Chruschtschow. Eines ist aber klar, eine Atomexplosion hat es nicht gegeben. Die wäre uns nicht entgangen", erklärte der Chef des KGB.

Chruschtschow nickte. „20 Megatonnen hätten das übliche Erdbeben ausgelöst. Wenn ein Atomtest nicht geheim bleiben kann, bleiben das Atomangriffe auch nicht."

Er sah zur Marschallin von Ehrlichthausen. Die nickte.

Chruschtschow lächelte. „Dieser Vorfall wirft viele Fragen auf, liebe Genossen. Die wichtigste ist natürlich, wie konnte so etwas geschehen. Weniger wichtig ist die Frage, wer war möglicherweise daran beteiligt. Da die schneller zu klären ist, werden wir sie zuerst stellen."

Wihtania erhob sich. „Der Vorsitzende des Politbüros des ZK der KPdSU hat mich mit dieser Aufgabe betraut. Von mir befehligte Soldaten warten draußen auf jeden von Ihnen, liebe Genossinnen und Genossen."

Die Politbüromitglieder sahen sich erschrocken an. Ein ängstliches Gemurmel konnten sie trotz jahrelanger Erziehung durch den Genossen Wissarew nicht unterdrücken.

Wihtania benötigte nur eine Geste, um sie zu beruhigen und ihre volle Aufmerksamkeit zu gewinnen. „Sie werden sicher verstehen, dass uns die Unschuldsvermutung sehr schwerfällt, wenn Sie vorher versuchen, Kontakt zu Ihren Abteilungen aufzunehmen. Es wäre außerdem zwecklos. Auch dort haben bereits die ersten Untersuchungen begonnen."

Ort: Psyche, Washington, DC, die Nacht davor

„Es ist zwecklos, sich jetzt in Details zu vertiefen. Das ganze Ausmaß werden wir sowieso nicht erfahren. Aber weitere Sicherheiten können wir einbauen", erläuterte der Sicherheitsberater des Präsidenten seinem Chef und den anwesenden Verantwortungsträgern. Natürlich waren nur solche im Oval Office, denen der US-Präsident immer noch voll vertraute.

„Damit bin ich einverstanden", bestätigte der. „Machen Sie das so schnell wie möglich. Außerdem möchte ich den Russen nicht gern zugestehen, sie seien fortschrittlicher als wir. Vor allem nicht technologisch. Ich möchte eine Konferenz aller Leute, die uns in der Weltraumtechnik voranbringen. Termin: Gestern."

Der Stabschef des Weißen Hauses notierte eifrig, während der Nationale Sicherheitsberater zustimmend nickte.

Der US-Präsident sah das mit Genugtuung und fuhr fort: „Eine Ausschreibung wird veranlasst, um unsere Weltraumtechnologie voran zu bringen. Termin: auch gestern. Außerdem möchte ich die Strukturprobleme auf dem Tisch haben, die dazu führten, dass uns die Russen überholen konnten."

„Termin ebenfalls gestern?", fragte der Stabschef des Weißen Hauses, während er von seinen Notizen aufsah.

„Unsinn. So schnell geht das nicht. Aber ich möchte, dass es schnell geht. Wir haben uns in diesem Kalten Krieg zu sehr auf die Waffen beschränkt, die man sehen und abschießen kann. Das hat uns eine bittere Niederlage beschert. Eine weitere verbitte ich mir."

Ort: Psyche, Moskau, Kreml, die Nacht davor

„Ich verbitte mir diese Unterstellungen. Wissen Sie, mit wem Sie sich anlegen, mein Fräulein?"

„Das weiß ich sehr wohl. Und es heißt Genossin Marschallin, Genosse Breschnew. Und nicht mein Fräulein. Außerdem unterstelle ich Ihnen nichts. Ich habe für all diese Behauptungen eindeutige Beweise."

„Etwa erpresste Aussagen meiner Untergebenen?"

„Ich bitte Sie. Wir befinden uns nicht mehr in der Ära des Genossen Wissarew. Ich glaube, Sie haben noch nicht so richtig mitbekommen, was für Fortschritte dieses Land gemacht hat, an dessen Spitze Sie sich setzen wollten. Ich schlage vor, wir schauen gemeinsam ein wenig Fernsehen und dann sehen wir weiter."

„Wir schauen Fernsehen?", fragte Breschnew überrascht.

„Sie besitzen doch einen Fernseher zuhause, Genosse Breschnew? Oder bin ich da schlecht informiert? Sehen Sie sich das an. Das ist eine Fernsehkamera. Sie ist recht klein, nicht wahr? Man kann sie überall verstecken, ihre Signale aufzeichnen und sich an einem Fernseher ansehen, was sie gesehen und gehört hat."

Inzwischen hatte Wihtania den Röhrenfernseher, der in Breschnews Büro stand, angeschaltet und eine Kassette in den Kasten daneben geschoben. Der Bildschirm flimmerte kurz, aber dann war bald der Genosse Breschnew zu sehen. Er unterhielt sich. Mit anderen Genossen. Die Gespräche waren sehr aufschlussreich.

Ort: Psyche, Santa Monica, Kalifornien

„Aber die Rede des Präsidenten war doch sehr aufschlussreich. Er sprach alle an, die unsere Weltraumprojekte voranbringen können. Du bringst meine Weltraumprojekte voran. Warum nicht auch die unseres Landes?", fragte der Filmproduzent Gene Roddenberry seinen Freund.

Der lächelte. „Damit ist aber bestimmt nicht unser Astronomisches Institut gemeint. Wir beobachten Sterne. Entfernte Sterne. Wenn die ins Weltall fliegen wollen, können sie nichts weiter meinen, als den Erdorbit."

„Nicht zum Mond, zum Mars oder zur Venus?"

„Das geht nur in deinen Filmen und ist noch Science-Fiction. Die Russen haben nur ein Ding da hochgeschickt, das laut und vernehmlich „Piep" macht. Nicht mehr, nicht weniger."

„Und warum drehen dann alle durch?"

„Weil es beweist, dass wir hier in den Staaten nicht mehr sicher sind. Wer Raketen ins Weltall starten kann, kann mit ihnen auch jeden beliebigen Punkt auf Psyche treffen. Sie könnten ihre Wasserstoffbomben direkt von Moskau aus zu uns schicken. Die wären in einer halben Stunde da und keiner würde sich davor schützen können."

„Bomben, Krieg. Die Zukunft, die mir vorschwebt ist friedlich. Die Menschen haben nur noch eine Sorge, sie wollen das Weltall erforschen. Das ist rätselhaft genug. Ich arbeite gerade an einer entsprechenden Fernsehserie. Im Moment hat noch niemand Interesse daran", erklärte Roddenberry.

„Mach weiter", ermunterte ihn sein Freund. „Die Menschen werden sich bald brennend für das Weltall interessieren. – Hast du mich nicht um Bilder von den Monden gebeten? Hier, die sind von letzter Nacht."

„Was sind das für komische Lichter auf einigen Bildern. Sieht wie ein Stern aus. Oder sowas."

„Das, mein lieber Gene, das ist das eigentliche Problem. Diese Lichter dürften nicht auf den Bildern sein. Ich habe sie einigen Kollegen zugeschickt. Denn ich habe keine Ahnung, was ich da aus Versehen fotografiert habe."

Ort: Psyche, Moskau, Leninprospekt 14

„Was haben Sie da fotografiert, Pawel Andrejewitsch?"

„Bevor Sie mir irgendwelche Vorwürfe machen, ich habe alles überprüft. Die Ausrüstung war vollkommen in Ordnung. Keine Fehler. Ein technischer Defekt ist ausgeschlossen."

„Soll das heißen, diese komischen Lichter sind echt?"

„Komische Lichter? Kosmische Lichter. Wir haben irgendwas entdeckt. Zufällig. Aber viele gute Entdeckungen geschahen zufällig", verteidigte sich der Astronom.

„Haben Sie sich schon eine Theorie zurechtgelegt, Pawel Andrejewitsch?", fragte sein Institutsdirektor.

„Die wollen Sie sowieso nicht hören."

„Versuchen Sie es immerhin."

„Sie kennen meine Theorie zu Katarché?"

„Diesen Unsinn habe ich gelesen. Der Mond sei hohl, haben sie berechnet. Ihre Berechnungen sind richtig. Aber Sie sehen es als Beweis an, dass dort Außerirdische ihre Station haben. Eine Station, von der aus sie unsere Welt beobachten. Dass man Sie für diesen Schwachsinn zum Kandidaten der Wissenschaften* machen konnte, habe ich nie verstanden."

„Meine Berechnungen sind richtig. Keiner konnte sie widerlegen. Widerlegen kann man sie nur, wenn man diesen Mond besucht und vor Ort Probebohrungen vornimmt."

„Und Ihre Außerirdischen haben dort das Jolkafest gefeiert und dabei ein kosmisches Feuerwerk veranstaltet?", versuchte sich der Institutsdirektor in einem Scherz.

„Sie haben uns beschützt", erwiderte sein junger Kollege mit einer Inbrunst, die nur wenig wissenschaftlich war. „Wahrscheinlich ist eine amerikanische Rakete mit einer Atombombe in den Orbit geflogen, um danach in der Rodina niederzugehen. Aber die haben ihre Laser aktiviert und die Bombe abgeschossen."

Der Doktor der Wissenschaften*, Akademiemitglied Alexander Wladimirowitsch Markow sah seinen jungen Kollegen nur sprachlos an. Sagte aber nichts.

„Da sagen Sie nichts, Alexander Wladimirowitsch. Weil ich recht habe", fuhr der junge Wissenschaftler mit dem Feuer der Jugend fort. Oder dem Eifer des Wahren Glaubens.

„Meinen Sie?", schien sich der Institutsdirektor nun doch eines Besseren zu besinnen. „Ich werde mir die Fotos

---

* der russische/sowjetische Doktorgrad
* entspricht dem deutschen Dr. habil.

mitnehmen. Und auch die Negative. Sollte ich herausbekommen, dass Sie geschummelt haben, um Ihrem Schwachsinn einen wissenschaftlichen Anstrich zu geben, sind Sie die längste Zeit Kandidat der Wissenschaften gewesen. Das verspreche ich Ihnen."

Mit diesen Worten drehte er sich um und ging. Von Kopf bis Fuß eine Säule akademischer Weisheit. Und die Rechtschaffenheit in Person.

Pawel Andrejewitsch Metschtatelow sah seinem älteren Kollegen hinterher und lächelte.

Der alte Knacker würde schon die richtigen Schlüsse ziehen. Und diese dann den richtigen Leuten mitteilen. Da war er sich sicher und deswegen hatte er ihn darauf angesprochen.

Denn es wurde Zeit, dass auch die anderen erfuhren, was er schon lange wusste.

2. Kapitel   Wostok

„Ich denke, diese Nation sollte sich das Ziel setzen, vor dem Ende dieses Jahrzehnts einen Mann auf dem Mond zu landen und sicher zur Erde zurückzubringen. In einem ganz realen Sinn wird es nicht ein Mann sein, der zum Mond geht, sondern eine ganze Nation."

John F. Kennedy, (Erde, 25.05.1961)

Ort: Psyche, Wanawara, Sibirien

„Willkommen in unserer geheimsten Forschungseinrichtung, Pawel Andrejewitsch", sagte der General der SMERSch.

Der Wissenschaftler schluckte. „Forschungseinrichtung? Ich dachte, ich müsse in den Gulag, weil ich Lichter im Kosmos fotografiert habe."

„Aber Sie waren verschwiegen und haben den Dienstweg eingehalten. Ihr Chef ist ein alter Informant des SMERSch", zwinkerte der General. Als sei SMERSch ein harmloser Verein, der Akademiker zum Kaffeekränzchen einlud.

Es sah aber alles danach aus. Nur der Kaffee fehlte. Dafür gab es einen Samowar und leckere Himbeermarmelade für den Tee.

Der General hatte bereits die Stiefel ausgezogen, machte es sich auf dem Sofa bequem und lud den Wissenschaftler ein, sich ebenfalls zu entspannen.

„Wissen Sie, dass ich Leute wie Sie sehr zu schätzen weiß, Pawel Andrejewitsch?", plauderte der General.

Denn der Wissenschaftler sah immer noch aus wie ein Häufchen Elend. Gut, sie waren hier in Sibirien. Und außer klirrender Kälte und ewiger, schneestrotzender Weite, gab es hier nichts, was einen Astronomen herlocken konnte.

Was nicht richtig war. Es gab hier etwas, um genau diesen Astronomen hierherzulocken.

„Ihren Professor können Sie vergessen", plauderte deshalb il caskar weiter, in der Hoffnung, der Wissenschaftler möge sich beruhigen und zum Tee greifen. „Der würde eine wissenschaftliche Sensation nicht einmal erkennen, wenn sie ihm auf die Füße fällt. Sie aber haben alle Fehlerquellen ausgeschlossen und dann erkannt, was Sie entdeckt haben. Was sagen Sie denn zu der Sache, die hier entdeckt wurde?"

Damit gab er dem Wissenschaftler ein paar Fotos, die der interessiert betrachtete.

„Haben wir das in den Kosmos geschickt?"

„Schön wär´s. Soweit sind wir noch nicht. Wir haben es aus dem Kosmos erhalten. Es funktioniert sogar. Allerdings hat noch Niemand herausgefunden, wie es zu starten wäre."

Und dann erzählte il caskar, was der Wissenschaftler wissen musste, um die Weltraumforschungen in seinem Land voran zu bringen. Der hörte zu. Auch, wenn er immer noch nicht glauben konnte, was ihm hier widerfuhr.

Ort: Psyche, Hollywood, Melrose Avenue

Gene Roddenberry konnte immer noch nicht glauben, was ihm widerfahren war, als er aus dem Fahrstuhl stieg.

Er hatte sich auf eine seiner üblichen Betteltouren eingestellt. Anders konnte er seine Versuche, sein Serienkonzept an ein Fernseh-Network zu verkaufen, nicht bezeichnen. Er warb immer dafür. Mit dem Feuer des Kreativen, der sich sicher ist, seine Kreation sei wundervoll. Die Kaufleute in den Filmvorständen hörten ihm mit jener Reserviertheit zu, die sie jedem entgegenbrachten, der mit seinen Filmen noch keine 10 Millionen Kinokarten verkauft hatte.

Auch heute ging es so los wie immer. So, als würde wieder alles schiefgehen.

Natürlich bekam er keinen Parkplatz vor dem Haus des Filmstudios. Das klappte nie. Also musste er die Parkplätze des Grundstückes daneben nutzen. Kaum aus dem Auto ausgestiegen, wurde er aber bereits empfangen. Auf eine herrische Geste hin, nahm ihm ein kaum sechzehnjähriger Junge seine wenigen Unterlagen ab und er folgte der Blondine, die dem Burschen nonverbale Befehle gegeben hatte.

Für ihn hatte sie ein Lächeln. Eins, das Hollywoodoffizielle eigentlich nur für die ganz großen Filmstars hatten. Sie gingen nicht zu Paramount, wie er vorhatte, sondern in den Nachbareingang.

Die Blondine sagte, ihre Chefin erwarte ihn bereits, er solle bitte bis ganz nach oben fahren. Die Chefsekretärin wüsste Bescheid. Er käme sofort dran. Einen wie ihn ließe man nicht warten. Wie bitte? Einen wie ihn ließ man immer warten. Ganz lange mitunter.

Trotzdem war er nach oben gefahren. Was er sah, als er aus dem Fahrstuhl stieg, hatte er allerdings nicht erwartet.

„Lucy? Du hier?", fragte er verblüfft.

„Gene. Ich freue mich, dich zu sehen. Ein Mann von deiner Bedeutung sollte seinen Anrufbeantworter abhören. Aber es ist ja noch mal alles gut gegangen. Meine Assistentin hat dich gefunden und zu mir geführt. Komm mit in mein Büro."

„In dein Büro?", fragte er noch verblüffter.

„Natürlich. Ich bin hier die Chefin. Das wusstest du nicht? Ach, Gene, du solltest nicht so viel durchs Weltall reisen, sondern ab und an mal auf Psyche bleiben. Dann hättest du auch endlich Erfolg mit deinen Fernsehserien."

„Du weißt davon?"

„Was denkst du, warum dich meine Assistentin hierher gelotst hat? Sei froh. Die Kerle von Paramount hätte sowieso nicht gewusst, was sie an dir haben."

„Aber du weiß, was du an mir hast?"

„Du hast wieder mal keine Nachrichten gehört oder gesehen, bevor du aus dem Haus gegangen bist? Die Russen haben einen Menschen ins Weltall geschossen. Alle Welt wird sich nun für Raumfahrt interessieren. Aber wir beiden werden die ersten sein, die sie ins Fernsehen bringen. — Also, willst du nun in mein Büro?"

Ort: Psyche, Washington, D.C., Weißes Haus

„Sie haben hier ein Büro, Schuler?", fragte der SECNAV verblüfft.

„Ich arbeite jetzt hier, Sir", erwiderte Schuler schlicht.

„Im Weißen Haus?"

„Seit ein paar Tagen. Wegen der Raketen, wissen Sie. Dem Stabschef des Weißen Hauses ist eingefallen, dass ich die Technologie aus Deutschland geholt habe und mit den Leuten vertraut bin, die damals ebenfalls mitgekommen sind."

Inzwischen hatten sie das Büro des Nationalen Sicherheitsberaters erreicht. Dass Shuler eintrat, ohne anzuklopfen, zeigte dem SECNAV deutlich, dass es Schulers Büro war. Je näher ein Büro im Weißen Haus am Oval Office lag, umso wichtiger war sein Inhaber. Schulers Büro lag direkt neben dem Oval Office.

Shuler hatte an seinem Schreibtisch Platz genommen und den SECNAV mit einer Geste aufgefordert, sich zu setzen. Dann nickte Schuler den anderen Ministern zu, die bereits warteten. „Meine Herren, ich mache das Briefing, bevor wir zum Chef vorgelassen werden."

Er drückte auf einen Knopf auf seinem Schreibtisch, worauf ein Bild an der großen weißen Tafel hinter ihm erschien. „Wir werden zum Mond fliegen ...", begann Schuler.

Als er sein Briefing nach einer halben Stunde beendet hatte, ging er mit den Ministern zum Oval Office. Nur die Minister durften das Arbeitszimmer des Präsidenten betreten. Ihre Begleiter durften nicht dabei sein.

Ort: Psyche, Moskau, Kreml

„Der Genosse Breschnew ist bei der Besprechung nicht dabei?", wunderte sich Mikojan.

Chruschtschow musterte ihn eine Weile, bevor er antwortete: „Sie waren lange in Ihrer armenischen Heimat, Genosse Mikojan. Haben Sie sich gut erholt?"

„Danke der Nachfrage, Genosse Chruschtschow. Habe ich hier etwas verpasst?", fragte Mikojan ängstlich zurück.

Einiges, dachte Wihtania. Aber sie wollte sehen, wie der Staatschef mit der Sache umging. Wem traute er wieder, wem misstraute er noch. Eingeladen waren nur jene Politbüromitglieder, die sie mit ihren Ermittlungen reingewaschen hatte.

Alle anderen warteten auf ihre jeweiligen Prozesse. Die sollten wieder öffentlich sein. Natürlich war diese Öffentlichkeit eine sehr geregelte und sowjetische. Etwas anderes war in diesem Land immer noch nicht vorstellbar. Aber es gab sie und das genügte Wihtania. Einstweilen.

Chruschtschow, so stellte sie mit Beruhigung fest, misstraute seinen Kollegen nur noch insoweit, wie das angebracht und gesund war.

Denn der ging sofort zur Tagesordnung über.

„Genossen, es ist eine wichtige Angelegenheit, wegen der wir die heutige Sitzung einberufen haben. Es geht um den Fortbestand der Rodina und unserer inneren Ordnung. Ich weiß, darum geht es immer. Aber noch nie so sehr, wie jetzt. Meine Abrüstungsvorschläge an den Klassenfeind waren ernst gemeint. Wir benötigen all unsere Kraft für andere Dinge."

Das Gemurmel seiner elf Kolleginnen und Kollegen nahm er mit einem Lächeln zur Kenntnis. Ihm war nicht entgangen, wie sie in den Schlafmodus schalten wollten, als er von der angespannten Lage sprach.

Er nickte Marschall Schukow zu, der den Diaprojektor persönlich bediente.

„Auf diesem Bild sehen Sie einen geheimen Bericht, den unsere Kundschafter vom Klassenfeind abfangen konnten", erklärte der Marschall und immer noch Verteidigungsminister den Politbürokollegen.

Die konnten mit dem englischen Text, den man an der Wand sah, wenig anfangen.

Also erläuterte Schukow: „In diesem Bericht werden viele Fakten deutlich erklärt. Zwei Dinge sind für uns von Interesse. Erstens: Die Amerikaner wissen inzwischen, auch wir haben eine Rakete abgefeuert. Es wurde also sowohl von unserer Seite, als auch seitens der Amerikaner jeweils eine Atomwaffe gestartet. Das beunruhigende dabei ist, und das sehen auch die Amerikaner so, beide fanden niemals ihr Ziel."

Ein sehr lautes Gemurmel unter den anwesenden Politbüromitgliedern entstand nach diesen Worten.

Es wurde noch viel lauter, als der Marschall in seinen Erläuterungen fortfuhr: „Das interessiert uns jedoch weniger. Viel wichtiger ist der zweite Punkt: Weder unsere Rakete, noch die der Amerikaner sind je aus dem Weltall zurückgekehrt, um ihre Bombenlast abzuwerfen."

Ort: Psyche, Washington, D.C., Weißes Haus

„Sie konnten ihre Bombenlast nicht abwerfen? Was erzählen Sie da für einen Unsinn, Schuler?", fragte der SECNAF ungläubig.

„Tut mir leid, SECNAF. Aber die Fakten sprechen für sich. Ich versichere Ihnen, wir haben alle Ressourcen genutzt, die uns für unsere Ermittlungen irgendwie zur Verfügung standen. Ich betone, alle Ressourcen."

„Was soll das bedeuten?", fragte der SECNAV.

„Die einfachste Erklärung wäre, dass da oben Aliens sind, die eine Abneigung gegen Atomwaffen haben, und sie mit Laserwaffen aus ihren Raumschiffen abgeschossen haben", erwiderte Schuler in einem Ton, als habe der US-Präsident zum Smalltalk geladen

„Sehr witzig, Schuler. Ich freue mich, dass Ihnen der Posten des Sicherheitsberaters nicht Ihren Sinn für Humor ausgetrieben hat", war der SECNAV beleidigt. „Was sagen unsere wissenschaftlichen Spezialisten zu diesem Fall? Kommen die uns auch mit irgendwelchem Buck-Rogers-Scheiß?"

„Sie empfehlen uns, wir sollen dort oben nachsehen, Mr. Secretery", kam Schulers schlichte Antwort

„Wegen der Aliens, Schuler?", merkte man dem SECNAV an, dass der bei dem Thema keinen Spaß verstand. Was verständlich war. Unterlagen doch die Atomraketen der Verantwortung der Navy. Die hörte nicht gern, dass sie für nutzlose Waffen verantwortlich sei.

„Wegen der Aliens, John, sollen wir dort oben nachsehen", erwiderte Schuler immer noch im Plauderton.

„Aber auch der Russen wegen", fuhr er fort. „Bekanntlich sind die schon da oben gewesen. Was die wohl an Wissen aus ihrer Mission gezogen haben? Fakt ist, wir müssen sie überholen. Und es steht fest: Wer Psyche beherrschen will, muss den Weltraum rund um Psyche beherrschen."

„Wir sind die Militärs, Schuler", knurrte der SECNAV. „Wir wissen, welchen strategischen Vorteil die Russen damit haben. Den aber aufzuholen, wird Massen von Dollars kosten. Haben wir die?"

„Die entsprechenden Haushaltsvorlagen werden beiden Häusern in den nächsten Tagen präsentiert", kam es vom Finanzminister. „Wir werden dabei offene Türen einrennen. Der Sputnik- Schock war nichts gegen den ersten Menschen im Weltall. Rechtmäßig hätte das ein Amerikaner sein müssen."

„Besorgen Sie uns das Geld, wir werden für die Technologie sorgen", versprach der Verteidigungsminister.

„Den Kampf ums Weltall hat der Russe bisher für sich entschieden", erklärte Schuler. „Wir hinken hinterher. Jeder konnte das live im Fernsehen mitverfolgen. Unsere Rakete ist explodiert, statt in den Kosmos zu starten. Deshalb werden wir unsere deutschen Spezialisten um Mithilfe bitten."

„Ist das Ihre Anordnung, Sir?", fragte der SECNAF nun direkt den US-Präsidenten, der bisher nur zugehört hatte.

„Das ist sie, John. Und ich werde eine Rede halten, in der ich die Ziele für das beginnende Jahrzehnt festlege. Wir werden zum Mond fliegen. Deshalb kommt der Weltraumerforschung die wichtigste Rolle zu."

Ort: Psyche, Moskau, Kreml

„Der Weltraumerforschung kommt dabei die wichtigste Rolle zu?", fragte Mikojan verblüfft. „Und was wird mit der Rüstungsindustrie?"

„Die Weltraumforschung wird die neue Rüstungsindustrie sein", antwortete Chruschtschow.

„Und unsere Panzer, unsere Schiffe und U-Boote? Die ganzen Verteidigungsprojekte, die bereits laufen", fragte Mikojan verzweifelt. „Die kann man doch nicht plötzlich auf Eis legen oder einstampfen."

„Man kann nicht, man muss", erwiderte Schukow. „Wir haben bei unseren Weltraummissionen Dinge entdeckt, die jeden Panzer der Lächerlichkeit preisgeben werden. Wenn erst die Amerikaner im Weltraum sind, werden uns unsere Panzer nicht mehr schützen."

Chruschtschow nickte zustimmend und ergänzte: „Deshalb werden alle Kräfte, die wir haben, alle Spezialisten, die wir brauchen, sich unserem neuen Ziel widmen: Der Beherrschung des Weltalls." Dann wandte er sich an den Verteidigungsminister: „Genosse Schukow, bitte zeigen Sie den Genossen die Fotos."

Der wies wieder auf die Diaprojektionen. „Die Bilder von Wostok 1 zeigen deutlich, dass Psyche ein Planet und keine Scheibe ist. Ich persönlich habe nie etwas anderes geglaubt. Trotzdem kann man diesen Nebel, der auch vom Kosmos aus gut zu erkennen ist, nicht durchdringen. An der geostrategischen Lage unserer zwei Blöcke hat sich also nichts geändert. An dem Patt unserer Atomwaffenstärke auch nicht."

Ort: Psyche, Washington, D.C., Weißes Haus

„Und dieses Patt soll im Weltraum gelöst werden?", fragte der SACNAV erstaunt.

„Nicht nur das", erwiderte Schuler, „unsere besten Köpfe gehen davon aus, dass es nur dort gelöst werden kann. Dem Baron von Braun schwebt eine internationale Raumstation vor. Das dauert zu lange. Außerdem ist bereits eine oben. Genauer gesagt, es sind drei oben. Unsere drei Monde. Einer davon muss amerikanisch werden."

Ort: Psyche, Moskau, Kreml

„Einer davon muss sowjetisch werden?", fragte Mikojan verblüfft. „Und wie soll das gehen?"

„Wir schicken Raumschiffe hoch, pflanzen eine sowjetische Flagge in den Mondboden und bauen dann langsam eine Station dort oben auf", kam die Antwort Schukows.

„Das soll gehen, Genosse Schukow?", war Mikojan immer noch ungläubig.

„Das wird gehen. Koroljow ist der Meinung, es sei möglich. Also ist es möglich. Ihre Aufgabe, Genosse Mikojan, wird wie immer darin bestehen, die Ressourcen zur Verfügung zu stellen, die wir benötigen. Nur die materiellen, natürlich. Um die personellen Ressourcen wird sich meine Frau kümmern. Vorher möchte der Genosse Vorsitzende die Anwesenden gern zu einem kleinen Ausflug einladen."

Ort: Psyche, Washington, D.C., Weißes Haus

„Der Präsident möchte die Herren gern zu einem kleinen Ausflug einladen. Die Air-Force-One steht bereit. Es geht nach Nevada. Ins Area 51", sagte Schuler, nachdem der Präsident die Herren aus seinem Arbeitszimmer entlassen hatte.

„Wie bitte?", fragte der SECAF.

„Ist Ihnen diese Forschungseinrichtung nicht bekannt, Mr. Zuckert?", fragte Schuler mit gut gespielter Naivität.

„Natürlich ist sie das. Das Gelände ist streng geheim. Was sollen wir dort eigentlich?"

„Ihre Übertragung privatwirtschaftlicher Kontrollmechanismen auf die Haushaltspolitik hat Ihnen keine Freunde gemacht", erwiderte Schuler, statt zu antworten.

„Es war nicht nur meine Idee. Auch der Präsident wollte, dass wir den Miststall Verteidigungsministerium gründlich aufräumen", verteidigte sich der SECAF.

„Da haben Sie vollkommen recht. Und der Chef ist immer noch sehr dafür. Aber er möchte auch Geld ausgeben. Viel Geld. Für die Raumfahrt."

„Das haben wir doch verstanden, Schuler", konnte der SECAF seinen Ärger nun nicht mehr zurückhalten.

Schuler lächelte nur und erklärte: „Da das Geldausgeben in Ihr aller Ressort fällt, meine Herren, mochte Ihnen der Präsident vorher gern zeigen, warum wir es ausgeben wollen. Auch damit Sie sehen, was der Begriff „Geschenk des Himmels" wirklich meint."

Ort: Psyche, Wanawara, Sibirien

„Das ist ein Geschenk des Himmels?", fragte der sowjetische Außenminister erstaunt.

„Ich weiß, die Beschriftung ist russisch", wandte il
caskar ein, „aber kein russischer Ingenieur dieser Welt hat
das entworfen. Es kommt aus dem Kosmos."

„Wenn der Kommandeur des SMERSch das sagt ...",
begann Mikojan, wurde aber plötzlich ganz ruhig.

„Nur Mut, lieber Anastas Iwanowitsch", sagte il caskar
mit einem Raubtierlächeln, „die neue Offenheit, die der
Genosse Chruschtschow allen predigt, gilt auch für
SMERSch. Unsere Nachforschungen waren sehr gründlich."

„Genau das wollte ich damit sagen, mein lieber Genosse
General, genau das", beeilte sich Mikojan zu versichern.
„Ich hatte nie irgendwelche Zweifel an den Ermittlungser-
gebnissen der SMERSch."

Die anderen zeigten kaum eine Regung zu dieser kurzen
Auseinandersetzung. Dazu waren sie viel zu sehr an dem
interessiert, was sie zu sehen bekamen.

Und das aussah, wie eine Filmkulisse. Wie etwas, was
ein Science-Fiction-Autor seinem Illustrator beschrieben
hatte, damit er es zeichnen konnte.

„Kann es fliegen?", fragte Chruschtschow skeptisch.

„Leider nein", bedauerte il caskar. „Das ist das Problem
mit der Gravitation. Runter geht immer einfach. Hinauf ist
viel schwerer. Aber wir arbeiten daran."

Ort: **Psyche, Nevada, Area 51**

„Sie arbeiten nicht daran?", fragte der Präsident erstaunt, nachdem er zum zweiten Mal gesehen hatte, was den Vereinigten Staaten aus dem Himmel zugefallen war.

„Es hat keinen uns bekannten Antrieb, Sir", erklärte einer der Ingenieure. „Unsere Theorien gehen davon aus, dass das Gerät in der Lage ist, die Schwerkraft zu modifizieren. Keine Ahnung, wie es das macht. Aber wir haben bereits etwas entdeckt, Sir. Ihre Transistoren sind viel kleiner, als unsere. Keine Ahnung, ob man ihre Transistoren überhaupt noch so nennen kann. Man sieht sie nämlich nicht. Wir erkannten sie nur anhand ihrer Wirkung."

Er nahm ein flaches, kleines Gerät in die Hand und berührte es. Das Gerät begann zu sprechen.

„Seltsames Englisch", meinte der US-Präsident.

„Richtig, Mister President. Nicht einmal die Britannier sprechen noch so. Und deren Englisch ist mehr als gewöhnungsbedürftig. Aber es wird noch lustiger."

Damit sprach er in das Gerät. „Wer hat dich erbaut?"

„Ich wurde von der Hai-Tech AG erbaut. Wie kann ich Ihnen helfen?", antwortete das Gerät.

„Wie funktioniert das Raumschiff, das hier steht?", fragte der Wissenschaftler.

„Diese Frage kann nicht beantwortet werden. Keine Verbindung ins MindWeb möglich. Bitte überprüfen Sie Ihre Mobil- oder WLan-Einstellungen", antwortete das Gerät.

„Den Bildschirm kann man mit den Fingern bedienen", erklärte der Wissenschaftler weiter. „Der interne Speicher hat angeblich 2000 Terrabyte, ist aber fast leer. Es stehen nur Informationen über die Hai-Tech AG darin. Und ein Handbuch dieses Tablets. So nennt sich das Gerät, Sir."

„Kennt jemand die Hai-Tech AG?", fragte der Präsident in die Runde seiner Begleiter.

Die Minister und Staatssekretäre schüttelten die Köpfe, während Schuler krampfhaft versuchte, nicht zu grinsen.

„Was sagt denn das sprechende Tablet zur Hai-Tech AG?", fragte Schuler stattdessen den Ingenieur.

„Dass es ein Internationaler Großkonzern mit mehr als einer Million Mitarbeitern ist. Der Hauptsitz ist angeblich in Lichtenstein."

„Lichtenstein? Ist das nicht ein Kanton in der Schweiz?", fragte Schuler.

„Das wussten Sie?", wunderte sich der Ingenieur. „Wir mussten erst Erkundigungen einziehen."

„Und was haben Ihre Erkundigungen ergeben?", schien es dem US-Präsidenten an Geduld zu mangeln.

„In Lichtenstein kennt niemand diese Firma, Sir. Sie haben uns versichert, ihren Steuerbehörden wäre eine Firma mit fast einer Million Mitarbeitern aufgefallen", antwortete der Wissenschaftler rasch.

„Das wäre sie wohl in jedem Land", bemerkte der Präsident. „Geht eine Bedrohung davon aus?"

„Im Moment nicht. Aber jeder, der eine solche Technologie besitzt, könnte mit uns machen, was er will. Was, wenn auch in Russland ein solches Ding gelandet ist?"

Ort: Psyche, Wanawara, Sibirien

„Was ist, wenn auch in den USA ein solches Ding gelandet ist?", gab il caskar zu bedenken.

„Halten Sie das für möglich?", fragte Chruschtschow.

„Warum soll der Himmel nur uns beschenken? Meinen Sie, der sei ein Kommunist?", fragte il caskar zurück.

Chruschtschow überhörte das mit dem Himmel, der kein Kommunist sei. Nachdem, was er gerade alles durchgestanden hatte, wollte er sich nicht mit SMERSch anlegen. Zumal der General loyal zu ihm gewesen war. Bisher.

„Sie gehen also davon aus, dass auch die Gegenseite die Möglichkeiten hat, die wir haben, General von Eberbach?", fragte er nur.

„Wer weiß, wo die Dinger noch runtergekommen sind. Und warum. Ich würde es als brauchbare Arbeitshypothese betrachten, dass die Amis auch so ein Ding haben", erwiderte il caskar und sparte sich diesmal seine Schnoddrigkeit nach einem kurzen Blick zu Wihtania.

„Man sollte immer vom schlimmsten ausgehen", stimmte nun auch Schukow zu.

„Gut. Dann gehen wir davon aus. Das bedeutet aber, dass wir schon beim Rückflug diskutieren werden, wie das Schlimmste zu vermeiden ist", legte Chruschtschow fest. „Die Amerikaner werden es sicher auch nutzen."

Ort: Psyche, Nevada, Area 51

„Meinen Sie, die Russen haben diese Technik genutzt, um ins Weltall fliegen zu können?", fragte der US-Präsident.

„Davon gehen wir aus, Mr. President", erwiderte der Forschungsleiter sofort.

„Sie sind sich dessen sicher?"

„Es wäre eine gute Erklärung für so vieles, Sir. Warum wären sie uns sonst technologisch so überlegen?", fragte der Leiter von Area 51 zurück.

„Dann werden wir alles dafür tun, um diese Überlegenheit wettzumachen", legte der Präsident fest und wandte sich an die anwesenden Minister und Staatssekretäre: „Nicht wahr, meine Herren?"

Intermezzo 1

„Wir wissen nicht, wie der Geist einem scheinbar seelenlosen Kosmos seinen Lebensrhythmus aufzwingt. "

Janet Morris, „Traumtänzer", (Erde, 1980)

Ort: Terra Nostra, Biluthu, Nouerto See

Es gab nur Sand rundherum. Und einen See.

Und natürlich die Mitglieder des Neuen Hohen Rates, die, aus der RaumZeit kommend, sich nach und nach materialisierten.

Sie trugen keine Kleidung. Nur ihre Schwerter.

Sie sahen zu dem mehr als dreitausend Jahre alten Kloster, aus dem drei Personen traten.

Richard Renatus in der Mitte. Links und rechts von ihm Alexandra und Catarina.

Auch die drei waren unbekleidet.

Während Richard in ein rotes Feuer gehüllt schien, war Alexandra eine Statue von marmornem Weiß. Catarina war eine Statue aus purem Gold.

Bcoto hatte nur Verachtung für den Auftritt der drei.

„Wir sind gekommen, um Fragen zu stellen. Also antwortet", rief sie ihnen zu.

„Du bist gekommen, Streit zu suchen", schien die Stimme Richards in den Körpern der Ratsmitglieder zu ertönen. „Keine Angst, dein Streit sei dir gewährt. Aber lass erst die ihre Fragen stellen, die wirklich Rat wollen. Kowalski, zum Beispiel."

Der hatte nur eine Frage: „Warum?"

„Das fragst du? Wenn du keine Antwort darauf weißt, hast du nichts im Neuen Hohen Rat zu suchen."

„Die Antwort, die ich dazu habe, lehne ich ab."

„Dann hast du Alternativen?"

„Gib ihnen mehr Zeit."

„Genau das ist das Problem. Wir haben keine Zeit mehr. In weniger als hundert Jahren wird sich die Menschheit einer Herausforderung stellen müssen, die solche Kraft verlangt, dass alle Menschenwelten zusammenstehen müssen. Alle. Auch Psyche."

„Du erkennst Psyche als Menschenwelt an?", fragte Bcoto.

„Das habe ich schon immer. Schon in jener Zeit, als wir noch zusammenarbeiteten. Und auch noch jetzt. Wo wir immer noch zusammenarbeiten. Auch wenn du das nicht wahrhaben willst."

„Vielleicht will ich hur nicht wahrhaben was aus dir geworden ist?", fragte Bcoto.

„Das hast du bereits erkannt? Gut. Es ist ein wichtiger Schritt, es zu akzeptieren", dröhnte Renatus´ Stimme in ihrem Kopf.

„Ich werde es nie akzeptiere", schrie ihn Bcoto an.

„Doch, das wirst du."

Ort: **Akromytikas**

„*Du weißt, dass du nicht mehr hier leben musst?*", *fragte sie.*

„*Natürlich weiß ich das. Aber in den vielen tausend Jahren, die ich hier eingesperrt war, habe ich mir an diesem Ort meine eigene Welt erschaffen. Es tut gut, sich dahin zurückziehen zu können.*"

„*Dann störe ich dich?*", *fragte il caskars Mutter.*

„*Du störst nie, Schwesterherz. Was hat denn il caskar diesmal ausgefressen, dass du meine Hilfe suchst?*", *fragte Aidoneus zurück.*

„*Du denkst, ich komme seinetwegen?*"

„*Meinetwegen kommst du bestimmt nicht.*"

„*Wir haben nur noch wenig Zeit, ihn zu unserem Erben zu machen*", *kam sie auf den Punkt.*

„*Ihr wollt werden, was Richard Kummer geworden ist?*"

„*Du nicht?*"

Er sah eine ganze Weile in das unendliche Schwarz, das seine Welt umgab. „*Eigentlich bin ich das immer gewesen. Nun, da ich die Chance habe, menschlich zu sein, will ich das eine Weile genießen.*"

„*Hast du keine Angst vor dem, was kommt?*"

„*Ich soll Angst vor dem Tod haben. Ausgerechnet ich?*"

„*Meinst du, wir haben Angst vor dem Tod? Wir hatten ein langes Leben*", *hielt sie ihm entgegen.*

„*Nein, du hast schon immer Angst vor Dingen, die anders sind. Es gibt nichts, was einen größeren Unterschied zu uns aufweist, als das, was kommen wird.*"

„*Und doch hat er sie schon einmal besiegt.*"

„Genau aus diesen Gründen hast du ihn unterstützt. Schon immer", stellte er klar.

„Wird er wieder gegen sie gewinnen?"

„Keine Ahnung", erwiderte Aidoneus. „Im Moment kämpft er einen ganz anderen Kampf."

Ort: Terra Nostra, Biluthu, Nouerto See

„Du willst unbedingt gegen mich kämpfen, Bcoto?"

„Es gibt keinen anderen Weg."

„Doch, den gibt es immer. Du willst keinen anderen Weg. Okay. Also dann ein Zweikampf. Allerdings nicht gegen dich allein. Takhtusho soll dich unterstützen", forderte Renatus.

Dem fiel fast das Essen aus dem Mund, als er das hörte. „Ich darf gegen dich kämpfen?"

„Du darfst. Hast du immer noch dein selbstgebasteltes Schwert."

Takhtusho hob die Hand. Ein neues Schwert erschien. Das alte war ja im Kampf gegen Sakania zerbrochen.

„Ausgezeichnete Arbeit", lobte Richard.

„Meinst du das ernst", fragte Takhtusho.

„Du hast zweifellos Talent. Wenn du willst, bilde ich dich aus. Deine Schwerter werden noch besser sein, als es meine je waren."

„Lass diese Sprüche und zieh dein Schwert", fauchte Bcoto.

„Gegen euch benötige ich keine Waffen. Ihr akzeptiert Alexandra und Catarina als Richterinnen? Gut. Dann lasst uns anfangen."

Ort: *Akromytikas*

„il caskar muss endlich damit anfangen, wie ein Gott zu handeln, wenn er einer werden will. Alles, was ich ihm beizubringen versuchte, hat er ignoriert", erklärte Aidoneus.

„Vielleicht bist du einfach nur kein guter Pädagoge", gab sie zu bedenken.

„Nimm nur dein Kind in Schutz, Schwesterherz", erwiderte er mit gut dossierter Gehässigkeit. „Das tust du schon so lange. Hat es ihm geholfen?"

„Richard Kummer hat ihm geholfen", warf sie ein.

„Der ist tot. Und Richard Renatus steht weit, weit über uns. So weit, dass ihn unsere Wünsche kaum noch erreichen."

Dann überlegte Aidoneus eine Weile. „Ich glaube, ich weiß, was deinem Sprössling hilft. Familiäre Unterstützung."

„Nicht schon wieder der schwarze Herzog. Auch das haben wir bereits versucht", wehrte sie ab.

„Nicht der schwarze Herzog. Sein Enkel. Er ist inzwischen der mächtigste im Neuen Hohen Rat", erklärte Aidoneus.

„Das er immer mächtiger wird, ist mir schon aufgefallen. Wie soll er damit meinem Sohn helfen."

„Er teilt gern mit anderen. Genau das macht ihn so mächtig. Genau dadurch ist er so stark", war sich Aidoneus sicher.

„Stärker, als Sakania?"

„Viel stärker, als Sakania."

Ort: *Terra Nostra, Biluthu, Nouerto See*

Takhtusho war viel stärker als Bcoto. Trotzdem kam er in diesem Zweikampf das erste Mal in seinem Leben ins Schwitzen.

Aber Bcoto hatte noch viel mehr Mühe als er.

Richard hatte sich am Anfang nur auf die Verteidigung beschränkt. Ihren Schwertschlägen ausweichend, trieb er sie immer weiter zum See.

Beide wehrten sich verzweifelt, sahen sie doch, was er vorhatte. Es war vergebens.

Mit einer einzigen, koordinierten Bewegung seines ganzen Körpers, gelang es ihm nicht nur, ihnen ihre Schwerter aus der Hand zu schlagen. Sie standen nun auch so am Ufer des Sees, dass es keinen Ausweg mehr gab.

Bcoto sah verzweifelt nach ihrem Schwert. Und nach dem ihres Bruders.

Beide wurden von Alexandra und Catarina mit einer Leichtigkeit gefangen, die nur einen Schluss zuließ. Alle drei arbeiten zusammen, als seien sie ein Wesen mit einem Bewusstsein und einem Willen. Die Legenden über die Art des menschlichen Sieges im Zweiten Kybernetischen Krieg waren also wahr.

Renatus ergriff die Medem-Zwillinge, ohne dass sie sich seinem Griff entziehen konnten, und drückte ihre Köpfe dicht an die Seeoberfläche. Wie gewaltige Energien durchflossen seine Gedanken ihre zuckenden Körper.

„Seht in die unendlichen Tiefen dieses Sees", rief er. „Seht, erkennt endlich und handelt dann richtig."

Ort: **Akromytikas**

„Ich erkenne nicht nur", sagte Aidoneus im Brustton der Überzeugung, „ich handele auch. Ist euch das entgangen?"

Die beiden riesigen Haie sahen ihn misstrauisch und finster an. Okay. Sie sahen immer so aus. Weiße Haie müssen finster und misstrauisch aussehen. Das ist genetisch bedingt.

Ihre mentale Trägheit und die geringe Macht, die ihre Aura nur noch ausstrahlte, hatten jedoch andere Ursachen. Aidoneus musste keine Angst mehr vor ihnen haben. War aber trotzdem auf der Hut. Das war er immer.

„Bist du noch auf unserer Seite?", fragte der weißere der beiden Haie misstrauisch.

„Ein Arbeiter Deus muss mir eine solche Frage stellen? Ihr könnt es nicht sehen? Oh tempora, oh mores", rief Aidoneus übertrieben theatralisch aus.

„Natürlich können wir es sehen", kam es nicht sehr überzeugend von dem anderen Hai. „Was hast du vor? Möglicherweise sind deine Pläne nicht so zielführend, wie unsere."

„Ihr macht den Kram, den ihr immer macht. Zwietracht unter den Menschen säen. Dann führen sie Kriege. Das macht euch mächtig. „Et in Psyche Pax", was mein Bruder Renatus anstrebt, wollt ihr verhindern."

„Frieden heißt Stagnation. Die Menschheit gedeiht nur im ständigen Widerspruch", belehrte ihn der blauere der beiden Haie.

„Das sieht euer Kollege Renatus aber anders. Er will den Frieden. Und er will ihn überall dort, wo er ist und wo er mächtig ist. Psyche ist seine Schöpfung."

„*Psyche ist wider jede Natur. Es gehört ausgelöscht*", geiferten beide Haie fast synchron.

„*Vielleicht will er das ja. Ich habe von ihm den Auftrag erhalten, Psyche, so wie es ist, zu vernichten.*"

„*Das wissen wir. Nur deshalb unterstützen wir dich. Halte dich daran. Sonst darf der Gott der Unterwelt wieder in die Unterwelt.*"

Damit verschwanden beide Haie.

Aidoneus lächelte.

Dann flüsterte er: „*Glaubt mir, liebe Götterbrüder, ihr wollt nicht, dass ich wieder in die Unterwelt komme. Trotzdem werde ich euch dort heimsuchen. Am Tage eures baldigen Todes. Dann, wenn Psyche, so wie es jetzt ist, vernichtet wurde.*"

3. Kapitel   Good Luck, Mr. Gorsky*

„Es scheint ein unverrückbares und unerbittliches Gesetz zu sein, dass nicht gewinnen kann, wer nicht bereit ist, etwas zu wagen."

John Paul Jones (1747-1792), (Erde, „Vater" der US-Navy)

Ort: Psyche, Washington, D.C., Weißes Haus

Der US-Präsident ließ auf sich warten. Das durfte er. Er war der Präsident.

Die anwesenden Minister und Staatssekretäre hatten ihren Besuch im Area 51 immer noch nicht richtig verarbeitet. Aliens, Raumschiffe und UFOs, das war was für Spinner, nichts für hohe Politiker.

So etwas dann wirklich zu sehen, erklärt zu bekommen und sich von seiner Echtheit zu überzeugen, dauerte. Eine ganze Weile. Menschen sind nämlich großartig darin, Dinge auszublenden, die nicht in ihr Weltbild passen.

Da der US-Präsident immer noch nicht da war, diskutierten sie darüber. Sehr heftig und sehr kontrovers.

Shuler sah, dass die Skepsis immer noch überwog.

---

* engl.: Viel Glück, Herr Gorsky (Glauben Sie mir, Sie wollen nicht wissen, wie die internationale Raumfahrt zu diesem Spruch gekommen ist. – Ach, Sie wollen es doch wissen? – Einfach mal googeln.)

Auch deshalb hatte er dem US-Präsidenten geraten, den Herren die Zeit zu geben, das Ganze unter sich auszumachen.

Die Diskussion so zu steuern, dass sie in die richtige Richtung ging, fiel ihm nicht schwer. Schließlich hatte er einen Master in Diplomatie. Von der vielleicht besten Schule, die es in Psyche dafür gab. Auf jeden Fall von der teuersten.

„Wir sind uns also einig, dass wir unsere zukünftigen Rüstungsbestrebungen vermehrt auf das Weltall richten müssen?", fragte Shuler, als die Zeit fast rum war, die er mit seinem Chef vereinbart hatte.

Die Herren nickten. Nur der SECNAV war noch skeptisch.

„Ja, ja, wir werden diesen Krieg im Weltall gewinnen", sagte er . „Aber wie wollen wir diesen Sieg im Weltall ganz konkret umsetzen, Mister Shuler?"

„Haben sie keinen Fernsehapparat, John?", fragte Schuler spöttisch zurück. „Mit einem Raumschiff natürlich. Mit Laserkanonen, Phaser-Pistolen und Solartorpedos. Unser erster atomarer Flugzeugträger heißt „USS Enterprise". Warum soll unser erstes Raumschiff nicht ebenso heißen? Nur, weil es bereits im Fernsehen gezeigt wird?"

„Ich bin nicht ins Weiße Haus gekommen, um mich von Ihnen mit irgendwelchen Buck-Rogers-Scheiß verarschen zu lassen, Schuler. Dass in der CIA nur Spinner sitzen, hat sich inzwischen auch bis zur Navy rumgesprochen. Aber dass Spinner jetzt unsere Sicherheitspolitik bestimmen, halte ich für wenig zielführend."

„Sie halten mich also für einen Spinner, John?", fragte der US-Präsident, der gerade eingetreten war und die letzten Worte gehört hatte.

Der SECNAV erhobt sich. „Nein, Sir. Das Wort „Spinner" bezog sich ganz auf Mr. Schuler."

„Bei dieser Einschätzung stimme ich Ihnen vorbehaltlos zu, SACNAV. Leider ist es so, dass die Spinner recht zu haben scheinen. Sind alle anwesend? Gut. Mr. Schuler, seien Sie so gut und zeigen Sie uns, was Sie haben."

Ort: Psyche, Sowjetunion, (geheimes) Labor Nr. 2

„Im Moment haben wir nur Vermutungen", erklärte der junge Wissenschaftler den anwesenden drei Chefentwicklern des Weltraumbahnhofes. Die hörten aufmerksam zu.

Also fuhr er fort: „Ich versichere Ihnen, dass wir Akademiker an Erklärungen arbeiten. Unsere Arbeitshypothese ist jedoch folgende", sagte er und wies dabei auf das Dia, das auf der Leinwand schimmerte. „Die komischen Lichteffekte können eigentlich nur das Ergebnis einer Art Waffe sein, mit deren Hilfe etwas Gefährliches vernichtet wurde."

Eine Geste von ihm und ein paar Worte beschwichtigten das lautstarke Murmeln, dass daraufhin ausbrach. „Nicht alle auf einmal, Genossen. Ich bitte um eine geregelte Wortmeldung."

Alle Arme streckten sich nach oben. Er wählte den Arm, der seiner Meinung nach dem prominentesten der Sitzungsteilnehmer gehörte.

„Habe ich Sie richtig verstanden, Pawel Andrejewitsch? Da oben war etwas Gefährliches und Ihre Außerirdischen haben es vernichtet?", fragte Koroljow.

„Das ist nur eine Arbeitshypothese, Genosse Koroljow. Ich weiß, sie klingt abwegig. Aber wir haben glaubhafte Informationen, dass die Amerikaner in jener Nacht, als wir unseren Sputnik ins Weltall schickten, eine Atomrakete in Richtung Rodina gestartet haben."

Die Unruhe wurde so heftig, dass Wihtania lautstark um Ruhe bitten musste.

„Ich weiß, das klingt noch abwegiger, als Waffen aus dem Weltall. Aber wir haben stichhaltige Beweise über den Start einer Rakete", erklärte sie.

Sie nickte Koroljow zu, der wieder aufstand und fragte: „Sie sprechen von stichhaltigen Beweisen, Genossin Marschall. Wie stichhaltig sind die Beweise?"

Sie lächelte und antwortete: „Gehen Sie ruhig davon aus, dass es diese Rakete wirklich gegeben hat, Sergei Pawlowitsch. Wir haben Beweise, die das Politbüro überzeugen konnten."

„Wie haben die Amerikaner darauf reagiert?"

„Davon wissen in Amerika nur ganz wenig Leute."

„Wirklich?", fragte der Chefkonstrukteur verblüfft. „Ich dachte, deren Presse schreit jede Sensation heraus, die sie in die Finger bekommt."

„Diesmal ist es den Amerikanern gelungen, die Sache unter den Teppich zu kehren. Einstweilen."

„Dann werden wir die Sache aufdecken und den Amerikanern schaden", war sich Koroljow sicher.

„Das geht nicht", widersprach Wihtania.

„Wieso geht das nicht?"

„Weil auch wir eine Rakete gestartet haben. Von Kamtschatka aus. Aber auch die hat ihr Ziel nie erreicht."

„Eine von unseren Raketen?", fragte Koroljow wütend. „Niemals. Unsere Raketen treffen, was sie treffen sollen. Dafür lege ich meine Hand ins Feuer."

„Verstehen Sie nun, Sergei Pawlowitsch? Wir müssen herausfinden, was geschehen ist. Eine ballistische Rakete, die nie nach Psyche zurückkam. Zum Glück. Denn sie hatte einen scharfen Atomsprengkopf."

Ort: Psyche, Washington, D.C., Weißes Haus

„Den Vorfall mit der Atomrakete kennen wir doch alle", sagte der US-Verteidigungsminister. „Aber von diesem Vorfall zu so einer gewagten Hypothese zu kommen, Mr. Shuler? Ehrlich, ich hatte mehr von Ihnen erwartet."

„Mehr haben wir im Moment leider nicht, Mr. Secretary. Es ist eine Hypothese. Ich selbst werde sie als Erster über Bord werfen, wenn sie sich als unhaltbar erweist."

„Bis dahin, meine Herren", fasste der US-Präsident die kurze Beratung zusammen, „haben Sie die Richtlinien Ihres Präsidenten. Wir werden einen Wettlauf zum Mond starten. Atomwaffen haben wir so viele, dass sich beide Seiten bequem dreimal umbringen könnten. Deshalb ist es nötig, nach der nächsten Generation Waffen zu forschen. Alle Energie, die wir in die konventionelle Rüstung gesteckt haben, werden wir in dieses Projekt transferieren. Soweit einverstanden?"

Die Herren nickten nur.

„Gut", freute sich der Präsident, „dann bleibt uns nur noch, einen Mann zu suchen, der die administrative Leitung übernimmt, so wie das General Groves für das Manhattan-Projekt tat. Unser Vorschlag ist General Gorsky."

„Gorsky?", fragte der SECARMY verblüfft. „Aber der Mann ist ein Bürokrat reinsten Wassers. Ein Schreibtischgeneral."

„Einen solchen benötigen wir dringend", warb der Präsident. „Denn die nächsten Schlachten müssen am Schreibtisch entschieden werden. Dafür ist er der Beste. Er wird alle Kräfte koordinieren, die uns den Weg zum Mond ebnen."

Ort.   Psyche, Sowjetunion, (geheimes) Labor Nr. 2

„Den Weg zum Mond wird uns der Genosse Kamanin ebnen. Er wurde gerade zum Marschall der Sowjetunion ernannt und übernimmt die Aufgaben, für die vorher der Marschall Nedelin zuständig war", erklärte Wihtania und beobachtete bei diesen Worten Koroljow, der sichtlich erleichtert schien.

Koroljow hatte seinen Laden so gut im Griff, dass seine Mitarbeiter eine neue Alarmstufe eingeführt hatten. Eine namens „Koroljow". Vor ihm zitterten sie mehr, als vor SMERSch.

Das einzige, was diesen Mann bremsen konnte, war eine tödliche Krankheit oder ein unfähiger Vorgesetzter. Letzteres hatte sie verhindert.

An der tödlichen Krankheit Koroljows arbeiteten Mega und Lodon bereits. Aber sie würde versuchen, ihn zu heilen. Mal sehen, wie das ausging, dachte Wihtania. Schließlich hatte sie die Heilkunst beim Gott der Heilkunst erlernt.

Wihtania war zuversichtlich. Was ihr Vater konnte, konnte sie schon lange. Nur ging es diesmal nicht darum, einen Weltkrieg vorzeitig und ohne Fehler zu beenden, sondern dafür zu sorgen, dass beide Machtblöcke den Mond erreichten.

Das war wichtig. Nach dem Erschreckenden, dass Sakania und Takhtusho im Nouerto See erfahren hatten, konnte diese Welt nur gerettet werden, wenn sie die richtigen Verbündeten für sich gewann.

Dazu mussten sie den Mond erreichen.

Möglichst jedes Land den richtigen Mond.

Ort: Psyche, Washington, D.C., Weißes Haus

„Den richtigen Mond, Mister Schuler?", fragte der General verblüfft.

„Den richtigen, General Gorsky. Psyche hat drei Monde. Der größere der drei ist uninteressant. Warum, weiß ich nicht. Aber da unsere Wissenschaftler es so sehen, schließe ich mich ihnen an. Die beiden anderen sind Zwillinge. Sowohl, was ihre Größe betrifft, als auch die Besonderheiten ihrer Umlaufbahn. Aber das ist erst dann entscheidend, wenn wir oben sind. Ich weiß, dass Sie uns dahin führen werden.“

„Sind sich alle so sicher, wie Sie, Mister Schuler?“

Schuler beugte sich zum General herunter und flüsterte dem etwas ins Ohr.

Der General sah ihn erstaunt an und hatte danach sichtlich Mühe, nicht rot zu werden.

„Wissen alle davon?“, fragte er besorgt.

„Nein, General, das wissen nur Sie und ich. Und Ihre Frau natürlich. Ich wünsche Ihnen viel Glück, General.“

„Danke, Mr. Schuler. Bei einem Wettlauf ist es immer gut, über die Gegenseite Bescheid zu wissen.“

„Sie müssen mir nicht erklären, wie ich meine Arbeit zu machen habe. Wir wissen Bescheid. Und wir haben den besten Führungsoffizier für unsere Agenten in Russland, den man sich vorstellen kann. General von Eberbach.“

„Der General von Eberbach, der Chef der SMERSch, führt unsere Agenten im Westen?", fragte Koroljow erstaunt.

„Sie haben von ihm gehört?"

„Selbstverständlich, Genossin Marschall, wer hätte das nicht. Hat er nicht den Reichsführer SS bis zuletzt begleitet? Er muss interessante Dinge wissen."

„Er hat interessante Fähigkeiten. Keiner ist besser zum Doppelagenten geeignet, als er. Und wir brauchen den Besten."

„Den besten? Wozu? Sind wir nicht bestens abgeschirmt?", fragte Koroljow ganz offen. Er wusste, der Marschallin gegenüber konnte man so offen sein, wie man wollte.

„Wir sind gegen Sabotage geschützt. Gegen Sabotage aus dem Westen und von uns. Das ist richtig", erwiderte Wihtania.

„Und das reicht nicht?", hakte Koroljow nach.

Wihtania sah ihn eine Weile an. Dann beschloss sie, dem Genossen Koroljow gegenüber ganz offen zu sein. So offen, wie es ihr einem Menschen gegenüber möglich war.

„Es gibt Saboteure, gegen die hilft nicht einmal SMERSch", begann sie zu erklären. Dann fügte sie ein paar Fakten hinzu, die er glauben konnte und wollte.

Danach sah er sie an und überlegte. „Und dagegen hilft nicht mal SMERSch?"

„Doch. Aber nur ein SMERSch unter General von Eberbach in Höchstform", erwiderte sie.

„Hoffentlich ist er in Höchstform", zweifelte Koroljow.

„Er weiß, was von seiner Mission abhängt", antwortete Wihtania, mehr als doppeldeutig. „Für uns viel und für ihn alles. Entsprechend intensiv und fehlerfrei wird er arbeiten."

„Wenn Sie das sagen, dann wird es so sein. Kann ich meine Leute dazu rufen, damit wir absprechen können, wie es weitergeht?", hörte man Koroljow an, dass ihn das Ganze viel zu lange von seiner Arbeit abgehalten hatte.

„Wenn unsere private Absprache unter uns bleibt", bat ihn Wihtania.

„Das wird sie. Weiß das Politbüro Bescheid?

„Das wissen sie", versicherte Wihtania.

„Dann kann ich mich auf Moskau berufen?"

„Das konnten Sie schon immer, Sergei Pawlowitsch."

Der Raketenpionier ging nachdenklich hinaus und gab seiner Sekretärin Anweisung, seine Konstrukteure zusammenzurufen.

Die kamen so rasch, als hätten sie bereits auf die Aufforderung gewartet.

„Zuallererst müssen wir unsere Fähigkeiten im Orbit verbessern", begann Koroljow seine Pläne zu erläutern, als alle anwesend waren. „Wollen wir zum Mond, müssen mindestens drei Kosmonauten hinauffliegen. Sie müssen länger oben bleiben, als nur eine Erdumkreisung, und sie müssen in der Lage sein, den Mond zu erreichen und wieder zu verlassen."

„Schon allein dafür werden wir mindestens zwei Jahre brauchen", gab sein Stellvertreter zu bedenken.

„Richtig, Wassili Pawlowitsch, wenn wir so wie immer vorgehen. Es ist mir allerdings gelungen, dem Politbüro Zugeständnisse abzuringen. Sie sehen, Genossen, die ganz oben meinen es wirklich ernst", antwortete Koroljow.

„Soll das heißen, wir bekommen endlich mehr Geld?", fragte Mischin erstaunt.

„Nicht nur das", bestätigte Koroljow seinem Stellvertreter. „Wir bekommen auch mehr Leute. Aus der Sowjetunion und aus unseren Bruderländern. Man wird mindestens die gleiche Kraft aufwenden, wie bei der Entwicklung unserer Atombombe. Vielleicht sogar noch mehr."

Das Gemurmel, das auf seine Worte folgte, unterbrach er mit nur einer Handbewegung. Sofort war Ruhe.

„Das bedeutet, wir arbeiten alle wichtigen Schritte nicht nacheinander ab, sondern parallel", erklärte er weiter. „Damit sparen wir Zeit."

Die anderen sahen sich erstaunt an. Auf eine solche Aufwertung ihrer Arbeit hatten sie nicht zu hoffen gewagt. Aber es kam noch dicker.

„Sie sind zum Chefkonstrukteur ernannt worden, Genosse Mischin", erklärte Koroljow seinem Stellvertreter. Der sah ihn staunend an, schwieg aber. Koroljow unterbrach man nicht.

„Ihre Aufgabe wird es sein, Genosse Mischin, die Trägerrakete und das Raumschiff für die Mondmission zu konstruieren. In zwei Jahren möchte ich nicht nur sicher eine Dreimannbesatzung hochschicken können, sondern auch die Fähigkeit entwickelt haben, Raumschiffe zu koppeln."

Ort: Psyche, Huntsville, Alabama

„Eine Dreimannbesatzung hochschicken? Raumschiffe koppeln? Und das in drei Jahren? Haben Sie schon einen Zauberer gefunden, der das bewerkstelligen kann, Sir?"

„Natürlich, Mr. von Braun. Das wird Ihr Job sein."

„Sehr witzig, Mr. Schuler. Wir haben nicht mal genügend Geld, mit der Entwicklung unserer Saturnraketen weiterzukommen", knurrte Wernher von Braun.

„Neue Regierung, neues Glück", erwiderte Schuler.

Von Braun sah ihn nur fragend an.

„Der Präsident setzt andere Prioritäten als sein Vorgänger. Er will die amerikanische Flagge auf dem Mond sehen. Bevor die Russen dort irgendwelche roten Stoffe hissen können. Stellen Sie sich also einfach mal vor, es wäre heute schon Weihnachten, Herr Baron, und teilen Sie mir Ihre Wünsche mit."

„Ganz im Ernst jetzt?", konnte das Wernher von Braun kaum glauben.

„Nein, noch viel ernster. Wenn Sie in das Projekt einsteigen, werden wir Raketen haben, die so gut sind, wie die russischen. Aber Sie werden keine Leitungsposition bekommen."

„Weil ich kein Amerikaner bin?"

„Weil Sie kein Politiker sind. In der NASA wird der SECNAV das Sagen haben. Er kann zuhören. Er kann Entscheidungen treffen. Richtige Entscheidungen. Ihre Idee, wie eine Mondlandung durchzuführen sei, wurde allerdings verworfen. Wir halten diese hier für vielversprechender."

Schuler reichte ihm ein dünnes Manuskript.

Von Braun las es. Zweimal. Dann nickte er zustimmend. „Ich kenne die Arbeiten von Dr. Houbold. Die hier klingt plausibel. Ich würde trotzdem gern meine eigenen Berechnungen dazu anstellen."

Ort. Psyche, Sowjetunion, (geheimes) Labor Nr. 2

„Unsere Berechnungen haben ergeben, dass ein Landemodul, das sich vom Raumschiff löst und mit dem nach einem Start vom Mond wieder ankoppeln kann, die beste Lösung ist", erklärte Wihtania.

Dann nickte sie Koroljow zu, der den anwesenden Wissenschaftlerinnen und Wissenschaftler erklärte, welche Forschungsprojekte damit verbunden waren. Und wer welche Aufgaben übernehmen sollte.

Wihtania verließ derweil den Raum.

Denn draußen wartete il caskar.

„Läuft in den anderen Ländern alles?", fragte sie.

il caskar nickte nur. „In der DDR bin ich General von Eberbach, hier auch. Und bei der CIA werde ich als Kardinal im Kreml geführt. Damit alle wissen, dass ich die höchste sowjetische Quelle bin, die die Amis haben. Und das alles nur, damit die Raumfahrer auf den jeweils richtigen Mond fliegen?"

„Einer stammt aus europäisch-russischer Produktion, der andere wurde in Amerika entwickelt. Die Hai-Tech AG war sehr international, wie du weißt."

il caskar verzog nur den Mund, schwieg aber.

„Hast du noch Kontakt zu Aidoneus?", fragte Wihtania.

„Sollte ich das?", verstand il caskar nicht.

„Wenigstens so viel, dass wir wissen, welche Steine er uns weiterhin in den Weg legen will", erklärte Wihtania.

„Das siehst du doch an den Ergebnissen. Koroljow hatte Krebst im Endstadium und eine Arteriosklerose, die sich gewaschen hatte", knurrte il caskar.

„Ich habe ihn geheilt", lächelte Wihtania.

„Zum Glück. Mit ihm wäre auch die russische Mondlandung gestorben."

„Auch wenn du ihn nicht beobachtest, er beobachtet dich."

„Das spüre ich. Das weiß ich. Ich pass auf. Inzwischen bin ich viel gewiefter, als es Aidoneus je sein wird. Ihr könnt euch auf mich verlassen. Allein durch meine Hilfe, wird jede Raumschiffbesatzung wird zum richtigen Mond fliegen."

Ort: Psyche, Pasadena, Kalifornien

„Aber weißt du denn, welcher Mond der richtige Mond ist", grinste Aidoneus und ließ die MindNetProjektion verblassen.

Dafür tauchte eine andere Projektion auf. Nicht vor ihm, sondern in seinen Gedanken.

Zwei riesige Haie. Mindestens 30 Meter lang, sattblauer Rücken, strahlendweißer Bauch.

„Sieh an, Megalodon gibt sich die Ehre. Womit kann ich den Herrschaften dienen?", fragte Aidoneus spöttisch.

„Du hast uns deine Unterstützung angeboten", grollten die Gedanken der Haie. „Unterstützt du uns auch wirklich?"

„Das könnt Ihr nicht erkennen?", fragten Aidoneus´ Gedanken in gut vorgetäuschtem Entsetzen zurück. „Ihr könnt nicht erkennen, ob ich euch bescheiße? Ich bescheiße euch nicht. Per fidem deorum*."

„Natürlich können wir erkennen, dass wenigstens du uns treu dienst", kam es weniger sicher herüber, als die Haie eigentlich klingen wollten. Aidoneus entging das nicht.

„Ich weiß doch, was ihr wollt", beruhigte sie Aidoneus. „Gelingt es dem Neuen Hohen Rat, die Psychaner auf ihre Monde zu senden, ist Psyche nicht länger von der Unsichtbarkeit betroffen, mit der ihr diese Welt verflucht habt. Alle Welten des Multiversums können dann erfahren, dass es Psyche wirklich gibt. Einige sind schon ganz scharf darauf."

„Diese Welt hätte nie entstehen dürfen."

Aidoneus zuckte die Schultern. „Da müsst ihr euch bei meinem Bruder beschweren. Der hat sie einst als MindGameMap erschaffen. An dem restlichen Pfusch sind andere Schuld."

„Sie hätte nie entstehen dürfen", grollte die Haie wieder.

---

* lat. bei der Treue der Götter, antike Form von „So wahr mir Gott helfe"

„Keine Angst. Ihr Schöpfer hat mir den Auftrag gegeben, sie, so wie sie ist, zu vernichten", versicherte Aidoneus.

Es war äußerst unangenehm, zu spüren, wie die Haie seine Gedanken durchsuchten. Aber Aidoneus hatte schon unangenehmeres erlebt und erlitten. Er ließ es geschehen.

„Auch wenn Richard Renatus am Ende noch versucht, seine Fehler zu beheben. Er wird UNSERER Strafe nicht entgehen", kommentierte die Haie das Ergebnis ihrer Untersuchung. „Du wirst diese Welt vernichten. Wir kennen deine Pläne. Sie sind gut. Wir werden dich unterstützen."

„Echt jetzt? Na, das ist doch mal ein Angebot."

Ort: Psyche, Chicago, Illinois

„Wir haben ein neues Angebot, Kollegen. Das Geheimprojekt A 119 ist einstweilen auf Eis gelegt", sagte Leonard Reiffel, während er seine 10 Mitarbeiter musterte. Erfreut nahm er deren Enttäuschung wahr.

„Keine Atombomben auf dem Mond? Warum nicht?" sprach sein Stellvertreter, Gerad Kuiper, aus, was alle anderen dachten.

Ihre Idee war gewesen, eine mächtige Wasserstoffbombe auf den Mond zu schicken. Deren gewaltige Explosion sollte zeigen, welche Fähigkeiten amerikanische Raketen hatten.

Ein paar US-Politiker hatten das für eine gute Idee gehalten, um seitens der Vereinigten Staaten auf den Sputnikschock zu reagieren. Bis ihnen die zum Projekt hinzugezogenen Physiker erklärten, warum die Sache so nicht funktionierte.

„Weil es nicht so funktioniert, wie wir dachten", erklärte Reiffel. „Die Realität ist leider kein Buck-Rogers-Film. Dort sieht man die Laserstrahlen der Raumschiffe. Im richtigen Leben sieht man weder die, noch die Explosion unserer Atombombe. – Aber wir haben etwas Besseres. Das hier."

Ort: Psyche, Sowjetunion, (geheimes) Labor Nr. 2

„Das hier, mein lieber Boris Jewsejewitsch, ist der Grund, warum wir eigentlich zum Mond fliegen. Und warum es so wichtig ist, zum richtigen der drei Monde Psyches zu fliegen", sagte il caskar.

Tschertok sah sich das Ding genauer an, was ihm il caskar hinhielt. „Retro Clock 12? Was ist das? Sieht aus, wie eine Pistole. Ist aber viel zu leicht dafür."

„Aber es ist eine Pistole. Die Nachbildung einer echten Waffe. Allerdings aus biologischem Material. Mit der kämen sie durch jede noch so moderne Sicherheitskontrolle, ohne, dass die Pistole jemanden auffallen würde."

„SMERSch lässt so etwas entwickeln?", fragte der Konstrukteur erstaunt. „Und was soll ich damit? Ich bin Elektriker, kein Biologe."

„Aber das Ding funktioniert elektrisch. Das wissen wir bereits. Es stammt aus dem außerirdischen Raumschiff in Wanawara. Haben Sie in Ihrem Büro irgendetwas, was Sie entbehren können?"

„Nicht mal den Inhalt meines Papierkorbes. Den sehe ich gelegentlich nochmal durch", war Tschertok ganz Ablehnung.

Bis ihm etwas einfiel. „Hier, mein Pausenbrot können Sie nehmen, Genosse General. Meine Frau meint es gut mit mir. Sie gibt mir immer ausreichend zu Essen mit. Aber unsere Kantine ist viel besser, als ihre Kochkünste."

Er holte ein in Butterbrotpapier gewickeltes Päckchen aus seiner blechernen Brotdose.

il caskar entleerte den eisernen Papierkorb vorsichtig auf einer der seltenen Stellen von Tschertoks Schreibtisch, die leer war. Dann legte er hinein, was dessen Frau zubereitet hatte, und richtete die Waffe darauf. Das Frühstück verschwand. Einfach so. Nur ein leichtes Wölkchen blieb zurück.

Tschertok staunte, schwieg aber.

„Beeindruckend, nicht wahr?", fragte il caskar.

Als Tschertok nicht reagierte, fuhr il caskar fort: „Im US-Fernsehen läuft gerade eine Science-Fiction-Serie namens „Star Trek". Dort heißen diese Dinger Phaser. Tolstoi hat sie in „Geheimnisvolle Strahlen" beschrieben. Wir haben eine, die wirklich funktioniert. Wo sie herkommt, wird es noch viel mehr und vor allem viel größere von ihnen geben. Verstehen Sie jetzt, warum wir unbedingt auf den Mond müssen?"

4. Kapitel   Das Drei-Monde-Problem

„Die ersten theoretischen Versuche, das Universum zu be-
schreiben und zu erklären, beriefen sich auf Götter und Geister
… Allmählich bemerkten die Menschen jedoch gewisse Regelmä-
ßigkeiten … Die Sonne und der Mond mochten zwar Götter sein,
aber sie gehorchten dennoch strengen Gesetzen …“

S. Hawking, „Die illustrierte kurze Geschichte der Zeit“,
(Erde, 1988)

Ort: **Psyche, Scandia, Schloss Gripsholm**

„Du hier?“, fragte Takhtusho angenehm überrascht.

il caskar nickte nur und sah dann die anderen an.

„Ich weiß, ich habe noch nie zu einem Treffen des
Neuen Hohen Rates eingeladen. Aber es ist dringend.“

„Das ist uns schon klar“, sprach Ala Skaunia aus, was
alle anderen dachten. „Was ist so dringend?“

„Wir können erst reden, wenn Richard Renatus da ist.
Er und alle, die jetzt zu ihm gehören. Kein Wort vorher.
Nicht einmal ein Gedanke daran.“

Die Ernsthaftigkeit, mit der er das sagte, zwang die anderen sofort, ihre Gedanken zu verbergen. Ein Grundfä-
higkeit von Vollbürgern. Dass diese Fähigkeit gegen die
Selachii nicht immer reichte, und nur denen gegenüber
konnte il caskar so vorsichtig sein, wussten ebenfalls alle.

Kowalski und Ala Skaunia fassten sich an den Händen.

Wihtania und Sakania auch.

Die anderen folgten ihrem Beispiel. Und als alle Vollbürger des Neuen Hohen Rates so einen festen Ring aus sich anfassenden Mitgliedern gebildet hatten, konnte man die gewaltige Energie, die aus diesem Ring aufstieg sogar von unserer Position des neutralen Beobachters aus erkennen.

Diese Energie umschloss die Vollbürger nun wie eine Blase. So ähnlich hatte sich Michael Arx am Narwa Tor geschützt.

Sie wussten, gegen die Selachii, so schwach sie auch inzwischen waren, würde es nicht reichen.

Dann spürten sie einen zweiten Kokon. Purer, reiner Geist. So, wie es die Selachii immer predigten. Aber viel stärker als alles, was diese noch zustande brachten.

Und ein mächtiger Schutz. Nicht nur ihre Gedanken waren jetzt verborgen, sie konnten auch nicht mehr geortet werden.

Den RaumZeitTransport, der sofort stattfand, als der Kokon sie umschlossen hatte, spürten sie ebenfalls nicht.

Sie waren plötzlich in einer Welt, die sie noch nicht kennenlernen durften. Die meisten zumindest.

Takhtusho und Bcoto wussten, wo sie sich befanden.

Kowalski vermutete es.

Sie waren auf Terra Caelica.

Ort: Psyche, Terra Caelica

„Wir sind auf Terra Caelica?", fragte Kowalski die plötzlich auftauchende Catarina Velare.

„Stimmt. Hier können wir reden", bestätigte die. „Die Selachii haben keinen Zugriff auf diese Welt. Einer der Gründe, warum sie Psyche nicht wohlgesonnen sind."

„Nicht wohlgesonnen?", knurrte il caskar. „Kannst du dein Gutmenschentum nicht mal stecken lassen? Sie wollen Psyche vernichten. Sie erpressen Aidoneus, ihnen dabei zu helfen. Er macht einen verdammten Spagat, es nicht zu tun, ohne dass sie es merken."

„Du hast es endlich herausgefunden?", fragte Catarina. „Das ist schön."

„Ich habe es schon lange herausgefunden. Ich hatte nur nicht den Mut, mit jemanden darüber zu reden", knurrte il caskar immer noch. „Mit den Selachii legt man sich nicht an. Das weiß ich, seit ich ein Kind bin."

„Sie sind nicht mehr so mächtig, wie einst", erwiderte Catarina Velare mit all ihrer Sanftheit. „Du musst keine Angst mehr vor ihnen haben. Sie haben Angst vor uns. Wir Menschengötter sind ihnen zu mächtig geworden. Deswegen wollen sie Psyche vernichten. Mit der Erde haben sie es versucht. Sind aber gescheitert."

„Bei Psyche werden sie auch scheitern", sagte Kowalski mit einer Entschlossenheit, die einschüchternd wirkte.

„Schön, dass ihr keine Angst mehr vor ihnen habt. Ich habe inzwischen auch keine mehr", klang il caskar selbstbewusst.

„il caskar hatte Angst", kicherte Ala Skaunia.

Der sah sie böse an. „Fühl dich bei deinem General Kowalski nur sicher. Irgendwann verlässt er dich. Alle Männer verlassen dich."

Man sah Ala Skaunia an, wie tief sie diese Äußerung getroffen hatte. Aber Kowalski nahm sie beruhigend in den Arm und erwiderte: „Was andere Männer taten, ist mir egal. Ich werde sie nie verlassen. Also hör auf zu stänkern und sage, was du von uns willst."

„Ich habe mit meiner Mutter gesprochen und weiß deswegen, was läuft. Ich bin einverstanden. Ihr habt von mir nur noch Kooperation zu erwarten."

„Echt jetzt?", war Ala Skaunia überrascht. „Deine Mutter konnte dich umstimmen? Wie?"

„Ich weiß, dass auch alle alten Götter gegen die Selachii arbeiten. Selbst der mächtigste Arbiter Deus, den ich kenne. Mein Onkel Deiwos. Wo er ist, ist der Sieg. Ich war schon immer auf der Seite der Sieger."

Eine Weile herrschte Ruhe. il caskar spürte, dass sich die anderen mental verständigten. Er war außen vor. Noch.

Sollte er ihre Gedanken hören können, wusste er, dass sie ihm nun vertrauten.

Nach einiger Zeit konnte er hören, was sie dachten.

„Was willst du unternehmen, damit wir Psyche retten können?", hörte er Ala Skaunias Gedanken.

„Ich habe bereits gehandelt", antworteten seine Gedanken selbstzufrieden. „Ich habe dafür gesorgt, dass einige Psychaner herausfinden, wie unnatürlich es für Psyche ist, drei Monde zu haben."

Ort: **Psyche, Sowjetunion, (geheimes) Labor Nr. 2**

„Psyche dürfte keine drei Monde haben?", fragte Koroljow verblüfft. „Wie viele Monde dürften wir dann haben, Andrei Nikolajewitsch?"

Der Mathematiker lächelte. „Einen. Allerdings müsste der viel kleiner sein, als die drei, die wir haben. Ein so großer Mond lässt nur einen Schluss zu: Psyche wurde irgendwann einmal von einem gewaltigen Himmelskörper getroffen. Von einem, der mindestens so groß ist, wie der Mars."

„So groß wie der Mars? Sind Sie sich sicher?", konnte Koroljow nicht glauben, was er da hörte.

„Sie sind ein viel zu guter Mathematiker, Sergei Pawlowitsch, um nicht zu wissen, dass es in der Mathematik keine Zweifel gibt. – Bitte, sehen Sie sich das an", forderte ihn der Mathematiker auf und reichte ihm ein paar DIN A4 Bögen, die eng mit Zahlen und Skizzen beschrieben waren.

Koroljow las die Blätter aufmerksam. Sehr lange und sehr aufmerksam.

„Ich hoffe, Sie haben alles, was sie da geschrieben haben, sehr ausführlich verifiziert?", musste er dann fragen. Weil er nicht glauben konnte, was er gelesen hatte.

Die Entrüstung des Mathematikers schien fast greifbar. „Selbstverständlich, Sergei Pawlowitsch, selbstverständlich. Schon, damit ich selbst glauben kann, was ich da berechnet habe", schien er eher sich selbst Gewissheit geben zu wollen, als dem berühmten Konstrukteur.

Erregt begann er im Zimmer auf und ab zu gehen. „Dieser junge Astronom, Pawel Andrejewitsch Metschtatelow, ich habe seine Doktorarbeit gelesen. Und alles andere, was er geschrieben hat. Warum versauert er in der Astronomie?"

Koroljow hatte ebenfalls alles gelesen, was der junge Mann geschrieben hatte. In seiner Freizeit. Zur Entspannung. Aber er verstand die Frage des Mathematikers nicht. „Er versauert in der Astronomie, weil er Astronom ist", vermutete er.

Der Mann war sogar ein sehr guter Astronom. Das konnte Koroljow in der geringen Zeit, in der Metschatelow inzwischen für ihn arbeitete, selbst feststellen.

Der Mathematiker sah Koroljow nach dieser eher flapsigen Bemerkung an, als habe der ihn aus einer tiefen Trance geholt. „Natürlich ist der Mann Astronom", winkte er ab. „Das ist ja das Problem. Denn er ist der geborene Mathematiker."

„Sollten sich Astronomen nicht in der Mathematik auskennen?", verstand Koroljow nicht.

„Natürlich sollten sie das. Aber nicht so gut", kam eine unwirsche Antwort. Dann sah der Mathematiker auf und war viel friedlicher, als er fragte: „Können Sie mir den Gefallen tun, und ihn dazu bitten, Sergei Pawlowitsch? Er gehört doch zu Ihrem Kollektiv? Er soll lesen, was Sie gelesen haben"

Ort: Psyche, Pasadena, Kalifornien

„Wir haben gelesen, was Sie berechnet haben. Unsere Mathematiker, aber auch die in Europa, haben Ihre Berechnungen als richtig bewertet. Wissen Sie, was das bedeutet?", fragte Wernher von Braun.

Der Astronom nickte. „Wir müssen genau überlegen, zu welchem Mond wir fliegen. Sind deshalb so viel hochrangige Leute anwesend?"

Die vielen anwesenden hochrangigen Leute sahen den Astronomen stirnrunzelnd an. Einige von ihnen waren nämlich sehr wichtig. Glaubten sie. Ob der Astronom wichtig sei, würde sich noch herausstellen.

Wernher von Braun hielt ihn für wichtig und erläuterte das sofort: „Die wenigsten von uns sind so gut mit der Mathematik vertraut, wie Sie. Wenn Sie also nochmals kurz erläutern könnten, was sie herausgefunden haben?"

Der Astronom sah in das Auditorium, mit dem er so plötzlich konfrontiert war, und überlegte, wie viele von den Anwesenden wenigstens geringste Kenntnisse der Physik aus der Schule mitgebracht haben könnten. Dass irgendjemand Kenntnisse der Astronomie hätte, darauf wollte er gar nicht hoffen.

Also begann er so einfach wie möglich zu erklären: „Das Drei-Körper-Problem ist bekannt, seitdem Keppler und Kopernikus entdeckt haben, nach welchen Gesetzen Planeten die Sonne umkreisen."

In den Augen und Mienen seiner Zuhörerschaft konnte er deutlich erkennen, dass die erst mal überlegen mussten, wer Keppler oder Kopernikus waren.

Trotzdem fuhr er fort: „Sie erkannten die Zusammenhänge von Masse und Gravitation. Aber, ihrer Zeit entsprechend, nur auf eine sehr einfache Art und Weise. Denn eigentlich wollten die Herren nur herausfinden, wie die Gestirne unser Leben bestimmen."

Er sah etwas irritiert in die Runde, als keine Reaktion auf seinen Scherz zu erkennen war, und fuhr mit einem inneren Seufzer fort: „Die Relativitätstheorie verfeinert das Ganze. Sie ist sozusagen die Weiterentwicklung der Newtonschen Gravitationstheorie und gibt auch der Astronomie neue Impulse. Wir erkennen jetzt besser, was wir vorher nicht so gut erkannten. Wir finden Lösungen."

Da auch zu diesen Aussagen keine Resonanz zu erkennen war, kam der Wissenschaftler endlich auf den Punkt: „Wofür es keine Lösung gibt, sind unsere drei Monde. Ihre Existenz ist nicht erklärbar. Schon einer von ihnen wäre zu groß für Psyche. Drei jedoch sind unmöglich. Niemand hat sich je darum gekümmert. Sie kreisen da oben. Also wird es eine Erklärung dafür geben. Die Erklärung hat die Beobachtung und Berechnung eines sehr jungen russischen Doktoranten geliefert, der dazu seine Dissertation verfasste. Die Ergebnisse sind so simpel, wie unwahrscheinlich. Zwei der drei Monde sind hohl und damit viel leichter. Außerdem korrigieren sie ihre Umlaufbahnen. Unmerklich, aber ständig. Sie sind Raumschiffe."

Der Astronom wartete, bis das Lachen verebbt war.

„Es spricht für seinen Doktorvater, dass er den jungen Mann ernst genommen hat. Die Berechnungen sind nämlich richtig. Vor Gagarins Flug in den Weltraum hat sich niemand dafür interessiert. Nun lassen diese Berechnungen nur einen Schluss zu: Sie sind wirklich Raumschiffe."

Ort: Psyche, Sowjetunion, (geheimes) Labor Nr. 2

„Zwei der drei Monde sind Raumschiffe?", fragte Koroljow, mehr verblüfft, als wütend.

Metschtatelow lächelte, als sei er solche Reaktionen auf seine Theorie gewohnt.

Koroljow machte dieses Lächeln wütend. „Wissen Sie, was Sie da behaupten, junger Mann? Die Dinger haben einen Durchmesser von 3000 Kilometern. Wer soll in der Lage sein, ein solches Raumschiff zu starten und in den Weltraum zu bringen? Ich habe die Voraussetzungen dafür nur mal überschlagen. Keine Rakete der Welt kann das."

„Dann sind sie eben anders ins Weltall gekommen", erwiderte der Astronom ruhig. Auch diese Diskussion hatte er schon oft erlebt.

Koroljow sah ihn an. Der junge Mann sah nicht so aus, als gehöre er in eine gut gesicherte Psychiatrische Anstalt. Obwohl ihm das unter Wissarew sicher passiert wäre.

„Die sind also auf einem anderen Weg, als mit Raketen ins Weltall gekommen?", fragte er deshalb den Astronomen. Immerhin hatte der Mathematiker behauptet, der Astronom wäre ein geborener Mathematiker. Mal sehen, ob das stimmte.

„Haben Sie nicht Studien zu Raumstationen veröffentlicht, Sergei Pawlowitsch?", fragte Metschtatelow. „Ich habe sie mit Interesse gelesen. Auch von Braun hat solche Studien veröffentlicht. Wenn es Raumstationen geben kann, sind auch Werften im Weltall möglich. Vielleicht wurden sie so erschaffen?"

„Wir sind noch lange nicht soweit, Werften im Weltraum zu errichten."

Auch darauf hatte Metschtatelow eine Antwort: „Wer solche Raumschiffe bauen kann, ist uns technologisch weit überlegen. Fakt ist, die Dinger sind da oben und wir müssen sie besuchen und untersuchen."

„Das wollten wir sowieso", knurrte Koroljow. „Welches Raumschiff halten Sie denn für das interessanteste?"

„Es sind nur zwei Raumschiffe. Ein Mond ist echt", kam sofort die Erwiderung.

„Ach?", fragte Koroljow mit leichtem Spott, „einen echten Mond trauen Sie unserer Welt also zu?"

„Es gibt sogar eine plausible Erklärung zu seiner Entstehung. Den Zusammenstoß Psyches vor Urzeiten mit einem anderen Himmelskörper", erwiderte Metschtatelow mit der Ernsthaftigkeit des geborenen Wissenschaftlers.

Koroljow nickte. „Wir haben also einen echten Mond."

„Deswegen heißt er ja auch Mond. Die anderen beiden heißen Katarché und Kephalis. Beide Worte kann man mit Anfang übersetzen. Sie kommen aus dem Alt-Griechischen."

„Dann sind Ihre Aliens also Griechen?", fand Koroljow den Mut, weiter zu spotten. Es ging nicht anders. Der Kerl gehörte in eine gut gesicherte Anstalt. Sein Doktorvater vielleicht auch.

„Ich habe alle Sprachen untersucht, die auf unserer Welt gesprochen werden. Der Mond hat in vielen Sprachen verschiedene Bezeichnungen. Katarché und Kephalis heißen in allen Sprachen Psyches gleich. Nämlich Katarché und Kephalis."

Ort: Psyche, Pasadena, Kalifornien

„Und weil zufälliger Weise zwei unserer Monde in allen Sprachen den gleichen Namen haben, sind Sie Raumschiffe?", fragte ein General, nachdem die Argumentation des Astronomen auch in den USA an diesem Punkt gelangt war.

Der Astronom sah ihn an, als hätte der General angefangen, nackt vor ihm zu tanzen.

Es dauerte eine Weile, bis er begriff, dass der General diese Frage ernst gemeint hatte.

„Man kann die Verwandtschaft von Sprachen an gemeinsam benutzen Wörtern erkennen, General. Eigennamen werden in allen Sprachen immer übernommen. Nur ihre Aussprachen passt sich den Sprechgewohnheiten der jeweiligen Sprache an. Fragen Sie einen Sprachwissenschaftler, wenn Sie mir nicht glauben", erwiderte der Astronom.

Der General begann mit seinem Adjutanten zu flüstern. Auch die anderen begannen untereinander zu reden.

Deshalb stand der Sicherheitsberater des Präsidenten auf. „Das wurde bereits erledigt."

Sofort hatte Mr. Shuler die Aufmerksamkeit des Auditoriums. Er wartete noch einen Moment, um sich sicher zu sein, dass alle zuhörten.

Dann sagte er: „Deren Meinung ist die Gleiche. Da wir momentan nichts Besseres haben, meine Damen und Herren, würde ich vorschlagen, wir nehmen das soeben gehörte als Arbeitshypothese an. Das ist übrigens auch die Meinung des Präsidenten."

Ort: Psyche, Sowjetunion, (geheimes) Labor Nr. 2

„Welche Meinung hat das ZK dazu?", fragte Koroljow.

„Es ist mit dieser Arbeitshypothese einverstanden", antwortete der Mathematiker. „Sie kennen mein wissenschaftliches Renommee und haben außerdem Gutachten anderer Wissenschaftler hinzugezogen. Die Marschallin von Ehrlichthausen ist eine hervorragende Organisatorin. Das Ganze ging preußisch effektiv und schnell. Sie werden alles bekommen, was sie benötigen, um noch schneller auf dem Mond zu sein, als geplant."

„Noch schneller, als geplant? Wie soll das gehen?", fragte Koroljow verblüfft.

„Das weiß ich nicht. Aber ich weiß, dass die Amerikaner und ihre Verbündeten genau so viel wissen wie wir. Sie haben unserem jungen Freund hier eine Professur in Kalifornien angeboten. Stellen Sie sich das vor. Auf dieser Insel voller Hippies. Was soll er dort?", fragte der Mathematiker mit echt akademischer Entrüstung.

Metschtatelow sah aus, als könne er sich eine Professur in Kalifornien unter lauter Hippies gut vorstellen. Hatte seine Mimik aber schnell wieder im Griff.

Voller Eifer nickte er, als sein Doktorvater verkündete: „Wir müssen uns beeilen, Genosse Koroljow. Wir müssen vor den Amis auf einem der beiden Monde sein, die wir als Raumschiffe identifiziert haben."

Ort: Psyche, Pasadena, Kalifornien

„Wir müssen vor den Russen auf dem Mond sein", forderte der Sicherheitsberater des Präsidenten. „Wenn es sich tatsächlich um Raumschiffe handelt, wird der Technologievorsprung, den uns ihre Erforschung bringt, den Sieg sichern. Den Sieg über die Kommunisten. Dem ist alles unterzuordnen. Unser Zeil heißt Mondlandung. So schnell, wie möglich."

Ort: Psyche, Terra Caelica

„Sie werden so schnell wie möglich auf dem Mond landen wollen", erklärte il caskar. „Das ist auch gut so. Wichtiger ist aber, dass jedes Raumschiff auf dem richtigen Mond landet."

„Auf dem richtigen Mond?", fragte Ala Skaunia.

„Ich weiß, du hast beim Geschichtsunterricht nie richtig aufgepasst, Ala Skaunia", konnte sich il caskar eine kleine Stänkerei gegen seine Ex nicht verkneifen. „Aber eins weißt du bestimmt noch. Die beiden Raumschiffe wurden durch Gedankenimpulse gesteuert. Das geht immer noch. Nur müssen dann die richtigen Leute auf ihnen landen. Die Nachfahren der damaligen Kommandanten."

„Das wissen wir", fauchte Ala Skaunia zurück. „Wir sind nicht so blöd, wie du denkst. Die richtigen Leute sind in den richtigen Teams."

„Gut. Dann habt ihr wenigstens einmal etwas richtig gemacht. Bleibt nur noch abzusichern, wer auf welchen Mond fliegt", war il caskar jetzt viel friedlicher.

„Welches Raumschiff wurde denn von welchem Kommandanten geflogen?", fragte Kowalski.

„Gute Frage, Kowalski. Ich weiß es nicht. Ich dachte, ihr wisst es. Was? Ihr habt auch keine Ahnung? Dann werden die Selachii gewinnen."

Ort: Psyche, Pasadena, Kalifornien

„Die USA dürfen den Wettlauf nicht gewinnen. Die Russen auch nicht", erklärte Aidoneus. „Beide Mondlandungen müssen zur gleichen Zeit stattfinden."

„Und dabei benötigst du meine Hilfe?"

„Nicht deine, Peta. Die von deiner Frau."

„Verstehe. Ein wichtiges Kriterium ist das Wetter. Darum soll sie sich kümmern? Dann frag sie doch."

„Wenn ich sie frage, lehnt sie es ab. Sie kann mich nicht leiden. Keine Ahnung, warum", log Aidoneus.

„Keine Ahnung? Bist du sicher? Sprich mit ihr. Sie wird dich anhören. Das haben wir bereits geklärt. Manchmal muss man seine Ängste überwinden, Aidoneus. Vor allem die vor seiner Schwester", erwiderte Peta mit sanftem Spott.

„Ich hätte Angst vor deiner Frau?"

„Du solltest dich mal sehen. Dann würdest du das nicht fragen", erwiderte Peta etwas spöttischer.

„Ich habe ihr herrliche Streiche gespielt. War eine tolle Zeit damals", machte sich Aidoneus Mut.

„Soweit ich weiß, hat sie dir das mehr als vergolten. Also seid ihr quitt. Einem Gespräch dürfte damit nichts im Wege stehen", war sich Peta sicher.

„Du bist mit dabei, wenn wir reden?"

Ort: Psyche, Terra Caelica

„Bcoto wird mit dabei sein, wenn wir reden", bekräftigte Takhtusho. „Alles, was ich dir zu sagen habe, geht sie genauso etwas an."

il caskar hatte trotzdem nur einen finsteren Blick für Bcoto.

„Ich war im Orcus", begann Takhtusho. „Renatus hat mich darum gebeten. Auf jene Art, die ihm jetzt so leichtfällt. Ich konnte seiner Bitte nicht widerstehen."

„Soll das heißen, er hat dich im Zweikampf besiegt?", fragte il caskar erstaunt.

„Nicht nur mich."

il caskar musterte Bcoto. Die war immer noch zwei Köpfe größer als er. Was hieß, sie war viel mächtiger als er. Denn il caskar war in der letzten Zeit weiter gewachsen. Bcoto scheinbar auch.

„Ihr habt gemeinsam gegen Renatus gekämpft und verloren?", konnte il caskar immer noch nicht verstehen.

„Du hast ihn sehr mächtig gemacht, indem du ihn ermordet hast", versuchte Bcoto jeden Spott aus ihrer Stimme zu verbannen.

„Das wollte ich nicht."

„Das glaube ich dir sogar", kam nun doch Bcotos Spott durch. „Aber wir mussten gegen ihn kämpfen. Wie hätten wir sonst wissen sollen, mit wem wir es zu tun haben?"

„Das wisst ihr jetzt?", verstand il caskar nicht.

„Wir wissen noch viel mehr. Wir wissen jetzt, wer unsere Mutter ist", erklärte Takhtusho stolz. Schließlich hatte er das ganz allein herausgefunden.

„Dann musst ihr ja nur noch euren Vater finden", konnte il caskar seine Anerkennung nicht ganz verweigern.

„Den hat Bcoto gefunden. Ganz allein. Kannst du dich noch an Richard Kummers Prophezeiung erinnern? Unsere Eltern würden in einer Welt leben, zu der niemand Zugang hat."

„Ihr dachtet damals, sie seien gestorben. Wie so viele zum Ende des Zweiten Kybernetischen Krieges."

„Sie leben. Hier. Auf Psyche. Aber sie werden sterben, wenn wir Psyche nicht retten. Unsere Mutter weiß, welche Kommandanten damals die riesigen Raumschiffe geflogen sind. Sie war mit dabei", erklärte Takhtusho.

„Gut. Dann reden wir mit ihr", war il caskar einverstanden.

„Bist du mutig genug, mit ihr zu reden?", fragte Bcoto. Diesmal ganz Spott.

il caskar verstand das nicht. „Warum sollte ich vor einer Frau Angst haben? Vor Frauen habe ich mich noch nie gefürchtet. Die sind keine Gefahr."

Ort: Psyche, Pasadena, Kalifornien

„Das Wetter stellt keine Gefahr mehr da. Der Start beginnt in einer Stunde. Bitte bereiten Sie alles für den Countdown vor", sagte Wernher von Braun zwei Wochen später in das Mikrofon.

Dann sah er auf den Bildschirm vor sich. Da stand sie. Seine Saturn-Rakete. In Deutschland über die Planungsphase nie hinausgekommen, konnte er sie hier verwirklichen. Da diese Insel Kalifornien nicht nur ein führendes Forschungsinstitut beherbergte, sondern auch nahe am Äquator lag, hatte man den Weltraumbahnhof ebenfalls hier eingerichtet.

Ort: Psyche, Sowjetunion, (geheimes) Labor Nr. 2

Die Russen hatten ihr geheimes Labor in Kasachstan eingerichtet. Südlicher ging es in der Sowjetunion nicht. Und, was noch viel wichtiger war, geheimer auch nicht.

Die kasachische Steppe war weit und öde. Der Weltraumbahnhof und die dazu gehörenden Forschungs- und Produktionsstätten waren von einem tiefgestaffelten Sicherheitskordon umgeben.

Nur wenige der Anwesenden wussten überhaupt, in welcher Ecke ihres Landes sie sich befanden. Ausländer waren nicht zugelassen. Noch nicht.

Koroljow sah nach draußen. Da stand eine modifizierte Form seiner Sojus-Rakete. Die Weiterentwicklung jener R7, mit der der erste Mensch in den Kosmos gestartet war.

Nun war der Mond das Ziel. Astronomisch gesehen, ein Katzensprung. Trotzdem waren fast 400.000 Kilometer zurückzulegen. Keiner wusste, ob es funktionierte.

Keiner wusste, was sie da erwartete.

Ort: Psyche, Terra Caelica

„Du weißt nicht, was dich erwartet", versuchte Takhtusho zaghaft, il caskar zu warnen.

„Halt die Klappe, Brüderchen", wies ihn seine Schwester zurecht, „il caskar ist jetzt ein großer Junge. Er wird es schon schaffen."

„Was mich erwartet? Eure Mutter wird so hässlich sein, wie ihr. Keine Angst. Damit komme ich klar. Eure Hässlichkeit habe ich doch auch ausgehalten."

Takhtusho machte ein finsteres Gesicht.

Während seine Schwester triumphierend lächelte.

Intermezzo 2

Nach babylonischer Mythologie war der Hauptgrund für die Erschaffung der Menschen, Nahrung für die Götter anzubauen. In der Bibel ist es umgekehrt: Gott schafft die Pflanzen als Nahrung für den Menschen, die Tiere als seine Gefährten gegen das Alleinsein.

„Garten Eden", aus Wikipedia, (Erde, abgerufen am 05.10.2018)

Ort: Akromytikas, 4 Jahre später

„Wir stehen endlich vor dem Grande Finale Furioso", sagte Aidoneus, sobald die beiden Haie aufgetaucht waren.

„Ich hoffe, der Sieger dieses Endspieles steht fest", knurrte der blauere der beiden Haie.

„Nein, natürlich nicht", tat Aidoneus so, als verstünde er die beiden nicht. „Sowohl die Amerikaner, als auch die Russen werden zur gleichen Zeit starten. Ergo werden sie auch zur gleichen Zeit auf den Monden landen."

„Sie werden auf den Monden landen?", fragte der andere Hai drohend. „Ich denke, das haben wir verhindert?"

„Ihr habt gar nichts verhindert. Ich habe noch nie so viel göttlichen Pfusch gesehen, wie bei euren Versuchen, euch in Psyche einzumischen", erwiderte Aidoneus in einem Ton, als spreche er als Lehrer mit sehr schlechten Schülern, mit hoffnungslosen Fällen.

„Wir haben für ganz viel Unruhe gesorgt. Für politische Unruhe. Das können wir gut", erklärte die Haie stolz.

„Das könnt ihr gut?", fragte Aidoneus spöttisch. „Gab es sowjetische Panzer in Prag, Budapest oder Warschau? Nein. Der Neue Hohe Rat hat das verhindert."

„Das hat nicht so gut funktioniert, wie damals auf der Erde", gab der blauere der beiden Haie kleinlaut zu.

„Aber im Krankheiten verursachen sind wir immer noch gut", erklärte der größere der beiden stolz.

„Darin seid ihr gut?", fragte Aidoneus, immer noch voller Spott. „Starb Koroljow an seinem Krebsleiden?"

„Daran starb er nicht?", fragten die Haie verblüfft. „Der Koroljow auf der Erde ist doch auch an einem Krebsleiden gestorben. Damit war Schluss mit der sowjetischen Raumfahrt. Mit der amerikanischen dann auch. Irgendwann."

„Habt ihr vergessen, dass mein Bruder der Gott der Heilkunst ist?", fragte Aidoneus, als habe er seine Mathe-Schüler bei einem Fehler in elementarer Algebra ertappt. „Als Heil-Gott ist er Primus Ultimus. Das heißt, er ist es überall und immer. Und Sakania und Wihtania waren seine Schülerinnen."

„Die er in Kampfkunst unterwies. Heilen ist keine Kampfkunst", bauten sich beide Haie drohend vor Aidoneus auf.

„In der kruden Auffassung meines Bruders gehört zur Fähigkeit des Wunden-Schlagens auch die Fähigkeit des Wunden-Heilens. Beides hat er ihnen beigebracht. Sehr erfolgreich, will mir scheinen."

„Soll das heißen, Koroljow lebt noch?", fragten die Haie, sichtlich erschrocken.

„Das habt ihr nicht mitbekommen?", donnerte Aidoneus zurück. „Wo ist denn eure vielgerühmte Omnipotenz? Mit wem habe ich mich hier verbündet? Könnt ihr überhaupt noch irgendetwas zustande bringen?"

„Wir haben Koroljow nicht getötet?", fragte die Haie kleinlaut.

„Nein. Wihtania hat ihn geheilt", betonte Aidoneus nochmals. „Ihr habt gepfuscht, gepfuscht und gepfuscht. Welche Stolpersteine ihr dem Neuen Hohen Rat auch in den Weg gelegt habt, sie haben sich davon ihre Straße durchs Leben gepflastert. Wo sind die Selachii, die ich von früher kenne?"

„Das ist ja unser Problem", gaben sie nun noch viel kleinlauter zu, „je mächtiger ihr Menschengötter werdet, umso mehr schwindet unsere Macht."

Ort: Psyche, Terra Caelica, 4 Jahre vorher

„Die Macht der Selachii nimmt ab?", fragte il caskar erstaunt.

„Warum gab es zwölf Hauptgötter auf dem Olymp?", kam Bcoto mit einer Gegenfrage.

il caskar verzog den Mund. Er hasste Gegenfragen. „Weil mindestens 12 Götter einen Hohen Rat bilden müssen, um gegen die Selachii zu bestehen", antwortete er trotzdem mit dem Wissen, das jeder Vollbürger in seiner Grundschulzeit lernte.

„Damit fing alles an", erwiderte Takhtusho dunkel.

„Und mit unserer Mutter endete es", ergänzte seine Schwester.

„Dass es mit eurer Mutter endete, habe ich mir fast gedacht. Dann seid ihr eurer Mutter ziemlich ähnlich", grinste il caskar.

„Wovon du dich gleich überzeugen kannst. Komm mit. Wir schwimmen eine Runde", lud ihn Bcoto ein.

„Wir gehen ins Meer?", fragte il caskar kleinlaut.

„Du hast gesagt, du hast keine Angst", erwiderte Bcoto.

„Habe ich auch nicht. Aber ich gehe nicht gern ins Wasser. Erst-recht nicht ins Meerwasser", gab il caskar noch kleinlauter zu.

„Komm schon, wir sind mit dabei", munterte ihn Takhtusho auf. „Was soll da schon schiefgehen?"

Ort: Akromytikas, 4 Jahre später

„Schiefgehen wird folgendes", erklärte Aidoneus den beiden Haien. „Schon beim Abkoppeln der Landefähre wird die geplante Flugbahn verlassen. Außerdem arbeiten nicht alle Komponenten der Landefähre ordentlich zusammen. Schließlich stammen die von ver-schiedenen Firmen und sind nicht aufeinander eingestellt."

„Das hast du alles gedreht, während du den Amerikanern behilf-lich warst?", fragten die beiden Haie, sichtlich beeindruckt.

„Natürlich. Und keiner hats gemerkt. So funktioniert göttlicher Einfluss, meine Herren", erklärte Aidoneus im Tone eines Lehrers, der unbegabten Schülern einen kleinen Einblick in die eigene akade-mische Kompetenz gibt.

Die Haie waren inzwischen nur noch knapp 10 Meter groß.

Aidoneus tat, als bekäme er das nicht mit, und fuhr fort: „Bei der Landung spielt der Bordcomputer des Landemoduls verrückt und die Fähre stürzt in den Staub des Mondes. Starten wird sie nie mehr. Aber das macht nichts. Der Redenschreiber des Präsidenten hat schon alles vorbereitet, falls die Sache nicht gelingt."

Die Haie waren nun nur noch knapp 7 Meter groß. Sie sahen sich gegenseitig an, als müssten sie sich Mut zusprechen. Dann fragte ihre Gedanken: „Und bei den Russen?"

„Ja, die sowjetische Raummission. Dort hat Koroljow das Sagen. Nur Koroljow. Da ließ sich nichts drehen."

Aidoneus beobachtete die Haie bei diesen Worten. Die beobachteten sich gegenseitig. Sie schienen auf etwas zu warten.

Darauf, dass sie wieder größer wurden, wusste Aidoneus.

Als das nicht geschah, fuhr er fort: „Bei den Russen verlasse ich mich einfach auf den gut ausgeprägten und sehr typischen russischen Schlendrian. Schließlich fliegt Koroljow nicht mit zum Mond. Seine Leute werden die Sache schon irgendwie in den Sand setzen."

„Das soll reichen?"

„Wollt ihr die Dinge in die Hand nehmen?", fragte Aidoneus spöttisch. „Ihr könnt ja als 25 Meter große Haie vor dem Weißen Haus oder dem Kreml auftauchen. Weiße Haie sind immer ein furchtbarer Anblick."

Ort: Psyche, Terra Caelica, 4 Jahre vorher

Der Weiße Hai war ein furchtbarer Anblick. Er war fast 30 Meter lang. Der Rücken von einem so blauen Blau, der Bauch von einem so weißen Weiß, das nichts Natürliches die Ursache seiner Existenz sein konnte.

Und doch spürte il caskar ganz klar die Aura einer göttlichen Mutter. Der Mutter aller Selachii-Mütter.

Bestimmt war es ein schneller Tod, von ihr verspeist zu werden. Allerding schien sie nicht hungrig zu sein.

Nur traurig.

Trotzdem kamen ihre Gedanken klar und stark zu ihm rüber.

„Ich hatte schon Angst, du würdest nie zu mir finden. Die Zeit ist fast abgelaufen. Aber spät ist besser, als zu spät."

„Zu spät für was?", fragte il caskar.

„Zu spät, uns alle zu befreien", erwiderten die Gedanken der riesigen Hai-Mutter.

„Ich soll euch befreien?", verstand il caskar nicht.

„Nur Psyche. Der Rest erledigt sich dann von allein", beruhigten ihn die Gedanken der riesigen Hai-Mutter.

„Was erledigt sich von allein?", verstand il caskar immer noch nicht, was die Hai-Mutter von ihm wollte.

„Ich werde dir erzählen, was meine Kinder bereits wissen. Sie werden uns abschirmen, damit uns die Selachii nicht hören können", signalisierten ihm die Gedanken der Hai-Mutter.

Dann spürte il caskar einen so starken Kokon mentaler und physischer Energie, dass der Kokon, den er bei Richard Renatus kennengelernt hatte, dagegen schwach wirkte.

Außerdem wurde il caskar schnell zu der Hai-Mutter herangezogen. Er wehrte sich vergeblich dagegen.

„Du bist nicht das einzige Rädchen im Getriebe eines großen Planes. Aber ein Wichtiges", versicherten ihm die Gedanken der Hai-Mutter. *Dass sie ihn zu benötigen schien, beruhigte ihn nur wenig.*

Ganz nah an ihr dran, konnte er vernehmen, was ihm ihre Gedanken weiter mitteilten: „Mein Wissen wird dich in die Lage versetzen, richtig zu funktionieren. Ich weiß, du hast furchtbare Angst davor, einmal sterben zu müssen. Das ist gut. Das hält Menschen am Leben. Götter auch. Also, hör genau zu. Ich erkläre dir, wer zu welchem Mond fliegen muss."

Ort: Akromytikas, 4 Jahre später

„Die Frage, wer zu welchem Mond fliegen muss, war entscheidend. Also habe ich die richtigen Landefähren geschickt. Den Russen eine russische, den Amerikanern eine amerikanische. Rauszufinden, woher die kamen, war dann nur noch die Anwendung der Keplerschen Gesetze und einfachste Mathematik", erklärte Aidoneus, währen die „Haie" gebannt auf die MindNetÜbertragung der Mondmissionen starrten.

„Und was ist das Geniale daran?", fragte die Gedanken des blaueren Hais.

„Das genau die von den falschen Monden kamen. Die Amerikaner fliegen zu Kephalis, die Russen zu Katarché . Umgekehrt wäre besser gewesen. So werden sie scheitern."

Beide Haie versuchten, sich aufzublähen. Ihre Gedanken versuchten, erhaben zu klingen.

„Wir haben ihre lächerlichen Apparate, die sie Computer nennen, manipuliert", signalisierten die Haie, trotz ihrer Unsicherheit. „Nichts wird gehen. Sie werden den Countdown abbrechen müssen."

Auch Aidoneus spürte die starke Unsicherheit der beiden Selachii.

Sie fühlten sich groß.

Aber sie blieben so klein, wie sie waren.

Aidoneus verbarg jeden Triumph darüber tief in seinem Innersten, als er sah, wie gewaltig die Macht der beiden Selachii bereits geschrumpft war.

5. Kapitel   Small Step For A Man*

Es war eines der größten Ereignisse der Menschheitsgeschichte: Der erste Mensch betrat den Mond. Doch es war keinesfalls sicher, dass die Mondlandung auch klappen würde. Die Mission im Juli 1969 hätte genauso gut in einer Tragödie enden können. Die US-Regierung traf deshalb geheime und schockierende Vorkehrungen.

„Mondlandung: Was, wenn sie misslungen wäre?", Claudia Frickel, (web.de aktualisiert am 03. 05. 2017, 16:36 Uhr, abgerufen 03.06.2017)

Ort: Psyche, Sowjetunion, (geheimes) Labor Nr. 2

Die vier Jahre, bis alles für den Flug zum Mond vorbereitet war, vergingen wie im Fluge. Fast im wahrsten Sinne dieses Wortes. Denn es wurde alles simuliert, was man während des Fluges und nach der Landung geplant hatte.

In einer großen Halle auf dem Gelände des (geheimen) Labors Nr. 2 war deshalb die Mondoberfläche nachgebaut worden. Satelliten lieferten erste Bilder von den Monden. Auch von ihrer abgewandten Seite. Man konnte also alles realistisch nachstellen.

---

* „That's one small step for a man, one giant leap for mankind."
(Das ist ein kleiner Schritt für einen Menschen, ein großer
Sprung für die Menschheit. - Der erste Satz eines Menschen auf
dem Erdenmond)

Irritierend war anfangs nur, dass dieses Training von einem Kamerateam begleitet wurde, das fleißig Aufnahmen machte. Die Irritierung verschwand, als diese Aufnahmen am nächsten Tag an einer riesigen Leinwand vorgeführt wurden, um den zukünftigen Kosmonauten erklären zu können, was sie bei der Übung alles falsch gemacht hatten. Und um es dann, ohne dass diesmal Kameras dabei waren, richtig zu machen.

War schon verblüffend, diese Fernsehtechnik, dachten die Kosmonauten. Die Bilder auf der Leinwand sahen so echt aus, als wären sie bereits wirklich auf einem der Monde gewesen. Aber noch war es nicht soweit.

Ort: **Psyche, Moskau, Kreml**

„Wenn es soweit ist, werden Sie alles erfahren, Genosse Chruschtschow", versicherte Wihtania.

Chruschtschow sah die riesige Frau in der Uniform eines Marschalls der Sowjetunion an. War die gewachsen? Es schien so. Sein Vertrauen in diese Göttin wuchs mit jedem Tag. Schließlich hatte sie mehr als einmal seinen Arsch gerettet.

Das wollte sie auch diesmal. Denn niemand konnte garantieren, dass die Mondmission nicht scheitern könnte. Scheinbar nicht mal eine Göttin wie sie.

„Wer weiß noch davon?", fragte Chruschtschow.

„Vier weitere. Mehr nicht. Sonst wird es nicht lange ein Geheimnis bleiben. Sie kennen Ihre Kollegen aus dem Politbüro. Politiker reden gern. Das ist eine Berufskrankheit."

Da hatte sie recht, dachte Chruschtschow. Er musste sich ebenfalls bemühen, nichts zu verraten. Aber dieser Plan, den die Göttin ausgeheckt hatte, war so absurd, vielschichtig und kaum zu durchschauen, dass ihm die Details sowieso niemand geglaubt hätte. Aber Wihtania hatte ihm versichert, es würde schon alles schiefgehen.

Ort: **Psyche, Sowjetunion, (geheimes) Labor Nr. 2**

„Geht hier denn alles schief, verdammt nochmal", fluchte Koroljow leise.

Die anderen sahen betreten auf ihre Monitore. Ihr Chef hatte ja recht. Erst zickte das Wetter. Deshalb musste der Countdown zum Start mehrere Male abgebrochen werden. Als sie dann starten wollten, spielten die Bordsysteme verrückt.

Nun glaubte man, die Fehler seien behoben. Aber sie traten wieder auf, als es endlich losgehen sollte. Zum Mond. Weit außerhalb des geplanten Zeitfensters. Und ohne nun auf die Computerunterstützung zurückgreifen zu können, die man vorbereitet hatte. Aber auch dafür gab es einen geheimen Plan.

Koroljow sah eisern auf die Monitore und machte keine Anstalten, irgendwie einzugreifen. Die Wut, die seine Mitarbeiter in seinem Gesicht sahen, hielt sie davon ab, auch nur einen Mucks von sich zu geben.

Es würde schon laufen. Irgendwie. Hofften sie.

Trotzdem. Vielleicht sollte man den Countdown doch noch abbrechen?

Ort: Psyche, Space Center, Houston, Texas

„Sollen wir den Countdown abbrechen, Sir?", fragte der CAPCOM* den neben ihm sitzenden Flugleiter.

„Warum, Charles? Weil ein paar Geräte nicht richtig funktionieren? Wir haben doch einen Plan B, falls das passieren sollte. Die Mappe neben Ihnen", erwiderte der.

„Soll das heißen, wir leiten die Mission manuell? Ohne Computerunterstützung?", fragte der CAPCOM.

„So war es vorgesehen. Schließlich haben wir damit gerechnet. Ein Vögelchen hat es uns gezwitschert, die Computer würden heute nicht funktionieren. Also muss es so gehen. Bei den Russen geht es doch auch. Oder meinen Sie, die hätten schon Computer für ihre Mondmission?"

Ort: Psyche, Sowjetunion, (geheimes) Labor Nr. 2

„Unsere Computer funktionieren schon wieder nicht?", fragte Koroljow wütend. „Wie konnte das geschehen?"

„Sabotage?", fragte einer der Techniker unsicher.

„Bestimmt ausländische Spione", stimmte ein anderer Techniker zu.

---

* engl. Capsule Communicator (er ist der einzige Mitarbeiter der Bodenstation, der mit den Raumfahrern direkt kommunizieren darf, die Stelle wird traditionell von einem ausgebildeten Astronauten besetzt)

„Hier? Meinen Sie, in diesen abgeschirmten Bereich sind Saboteure vorgedrungen? Wo uns doch der SMERSch so wirkungsvoll beschützt", war Koroljow immer noch wütend.

Der Techniker trat erschrocken von seinem Chef zurück. Der nahm das Mikrofon, so dass ihn jeder hören konnte.

„Mal herhören, Genossen. Die Computer werden heruntergefahren. Sie sind nicht verlässlich. Warum, werden wir später klären. Das sowjetische Fernsehen überträgt unsere Mission live. Auch deswegen werden wir sie nicht abbrechen. Sehen Sie die Mappe, die jeder am Arbeitsplatz liegen hat? Da steht Ausgang drauf. Schlagen Sie die Mappe auf und denken Sie dabei, das Papier wäre ihr Computer."

Ort: Psyche, Space Center, Houston, Texas

„Als wir noch keine Computer hatten, ging es auch, Charles", sagte der Flugleiter zu seinem CAPCOM. „Also tun wir einfach so, als seien unsere Computer aus Papier."

Dass die im Raumschiff auf den Abflug wartende Mannschaft davon nichts erfuhr, verstand sich von selbst. Wegen solcher Kleinigkeiten waren immer Astronauten die Verbindungstelle zwischen Houston und dem Raumschiff.

Der Countdown verlief problemlos. Die Saturn V startete und brachte die Astronauten auf den Kurs, der in den Papieren, die den Plan B bildeten, stand.

Alles jubelte, als das Raumschiff die letzte Trägerstufe abgeworfen hatte und auf dem richtigen Kurs war.

„In drei Tagen werden sie am Ziel sein", sagte der Flugleiter mehr für die Fernsehkameras, als für seine Kollegen. „Dann sind sie im Orbit ihres Mondes. Erst einmal dort, gibt es kein Zurück mehr."

Ort: Psyche, USA, New York City, N.Y., 66th Street

„Nun gibt es kein Zurück mehr", sagte Mr. Shuler.

Der Executive Producer von WABC sah ihn kurz an, grinste und erwiderte: „Keiner von uns will das, Mr. Shuler. Das wird noch bessere Einschaltquoten geben, als beim Super Bowl. Wir werden nicht nur mit NBC und CBS gleichziehen. Wir werden sie hinter uns lassen."

„Sie hatten die beste Ausstattung von allen Networks und die bessere Erfahrung mit aufgezeichneten Sendungen", zuckte Schuler mit den Schultern. „Die beiden anderen wollten die Mondlandung live übertragen. Ohne Videoschleife. Darauf konnte sich Uncle Sam nicht einlassen."

Ort: Psyche, Moskau, Fernsehzentrum Ostankino

„Eine Videoschleife war das mindeste, worauf wir uns einlassen mussten, Genossin Marschall", meinte der Chefredakteur von „Wremja", der sowjetischen Hauptnachrichtensendung, beflissen. „Ein solches Ereignis ohne Puffer live zu übertragen, wäre kaum machbar gewesen."

„Aus technischen Gründen?", fragte Wihtania interessiert. Sie hatte wenig Ahnung vom Fernsehen. Alles, was damit zusammenhing, war eine Erfindung ihrer Schwester. Aber Sakania war ganz auf ihre Hippies konzentriert und hatte nur Kontakte für den Neuen Hohen Rat geknüpft.

„Technisch wäre das schon möglich, Genossin Marschall. Aber politisch? Was, wenn dabei etwas schiefläuft?" Der Chefredakteur schien allein bei dem Gedanken daran sein Entsetzen kaum zügeln zu können.

Wihtania lächelte ihm beruhigend zu. „Wir haben alles getan, damit die Sache zu einem Erfolg wird. Das heißt, wir haben auch ihr Scheitern einkalkuliert."

„Ihr Scheitern?", fragte der Chefredakteur entsetzt. Damit hatte „Wremja" keine Erfahrungen. Im der sowjetischen Hauptnachrichtensendung wurden nur Berichte von den weltweiten Erfolgen des Kommunismus gesendet.

„Die zwanzig Minuten Videoschleife geben uns genügend Spielraum", beruhigte ihn Wihtania. „Jetzt bleibt uns sowieso nichts weiter übrig, als den Kosmonauten die Daumen zu drücken. Die Raketen sind gestartet und fliegen zum Mond."

„Und sie werden dort ankommen?", fragte der Chefredakteur. Dann erschrak er, seine Zweifel geäußert zu haben, und fügte deswegen rasch hinzu: „Entschuldigen Sie, Genossin Marschall, aber ein Normalsterblicher kann sich einen Flug zum Mond kaum vorstellen."

„Natürlich ist es machbar", beruhigte ihn Wihtania. „Es ist kompliziert und komplex. Aber es wird schon alles gutgehen."

Ort: Katarché, Apollo 11

„Es wird schon alles gutgehen", sagte der US-Kommandant drei Tage später. „Ich werde aussteigen."

Eine sehr optimistische Einschätzung. Bis jetzt war nämlich schiefgegangen, was schiefgehen konnte. Als wäre die Mondmission von irgendeiner höheren Macht verhext worden. Man entschloss sich also, sofort weiterzumachen.

Denn eigentlich sollte die Besatzung nach der Landung mehrere Stunden pausieren. Aber wer konnte schon Ruhe finden, so kurz vor dem Ziel. Zumal die Vorbereitungen für den Ausstieg mehrere Stunden in Anspruch nehmen würde.

Stunden, die sehr schnell vergingen. Aber nun war es soweit. Ein Heer von Werbespezialisten hatte an dem Spruch getüftelt, den er beim Ausstieg sagen sollte.

Der Kommandant musste lächeln. Er durfte also nicht fluchen, wenn es schiefging. „Bullshit" als erstes Wort auf dem Mond wäre zwar authentisch, aber nicht live übertragbar. Schließlich wurde alles per TV nach Psyche übertragen.

Er machte den kleinen Schritt für einen Menschen, aber den großen für die Menschheit und dann genoss er es erstmal.

Für wenige Sekunden wenigstens.

Ob nun Mr. Gorsky das von seiner Frau erhielt, was er sich vor so langer Zeit von ihr gewünscht hatte? Es wäre ihm auf jeden Fall gegönnt.

Der US-Kommandant gönnte sich die ersten Schritte auf dem Mond.

Ort: Kephalis, Luna 11

Der Kommandant der sowjetischen Mondlandemission gönnte sich die ersten Schritte auf Kephalis. Eigentlich sollte Katarché das Ziel sein. Nun aber waren sie hier.

Wenn das Ding wirklich ein außerirdisches Raumschiff war, musste es einen Einstieg geben. Da man von Psyche aus keinen erkennen konnte, war man auf der abgewandten Seite des Mondes gelandet.

Die war inzwischen gut erkundet. So gut, dass die Satelliten Fotos vom Einstieg machen konnten. Das Symbol mit der Umschrift „Per Aspera Ad Astra" war darauf deutlich zu sehen.

Leider war diese Stelle noch weit entfernt. Weshalb ein langer Fußmarsch vor dem Kommandanten lag.

Ort: Katarché, Apollo 11

Nach einem langen Fußmarsch hatte der Kommandant die Stelle erreicht, die nach Meinung der Wissenschaftler den Einstieg in das außerirdische Raumschiff bieten sollte.

Er sah sich um. Eine ganze Weile.

Dann lächelte er.

Diese Bastarde von Aliens. Eine Ex-Navy-Piloten legten die nicht rein. Der Einstieg war gut getarnt. Die Oberfläche sah aus, als bestehe sie aus Stein und Staub. Die Wissenschaftler hatten ihm versichert, das sei nicht der Fall.

Auch die Einstiegszone sah aus, als bestehe sie aus Stein und Staub. Trotzdem hatte er das Symbol entdeckt. Es war das richtige Symbol. Eine Art dreizackiger Stern mit der Umschrift „Per Aspera Ad Astra". Hier musste der Einstieg sein.

Allerdings gab es ein Riesenproblem.

Ort: Kephalis, Luna 11

„Was für ein Problem?", fragte der Pilot.

„Ich kann die Schrift nicht lesen", erwiderte der Kommandant. Es klang ein wenig hilflos.

„Du bist ein Scherzkeks. Wie immer. Meinst du, die Aliens schreiben russisch?", funkte der Pilot zurück.

Der Kommandant lächelte. „Aber amerikanisch werden die doch auch nicht schreiben? Oder?"

„Na hoffentlich. Ist schon schlimm genug, dass die Kapitalisten ebenfalls zum Mond fliegen."

„Vielleicht kommen sie ja von dort. Hier ist alles in Englisch beschriftet. Denke ich mal. Ein paar Worte dieser Sprache verstehe ich ja. Aber längst nicht so viel, wie du", erklärte der sowjetische Kommandant in einer Ernsthaftigkeit, die jeden Scherz ausschloss.

„Soll das heißen, ich soll zu dir kommen?", fragte der Pilot.

Der Kommandant lächelte: „War das nicht so ausgemacht, wenn ich den Einstieg finde?"

Ort: Katarché, Apollo 11

„Du hast den Einstieg gefunden?", freute sich der Pilot der amerikanischen Landefähre.

Der Kommandant lächelte. „Es wird dir nicht gefallen, Buzz. Aber du musst herkommen. Ich brauche dich."

„Warum?"

„Frag nicht, komm her. Dann verstehst du es."

Ort: Kephalis, Luna 11

„Ich verstehe das nicht", meinte der sowjetische Pilot. „Warum ist alles in Englisch? Und dann noch in einem so alten Englisch. Das ist aus der Zeit der Rosenkriege. Meinst du, die alten britannischen Ritter haben 3000 Kilometer große Raumschiffe gebaut?"

„Woher soll ich das wissen? Kannst du es nun übersetzen oder nicht?", fragte sein Kommandant.

„Natürlich kann ich das. Ich soll meine Hand auf die Öffnung legen, um mich zu identifizieren. Ich mach die ganze Zeit nichts anderes", erwiderte der Pilot.

„Vielleicht drückst du nicht stark genug? Lass mich mal machen", war der Kommandant ungeduldig. Er drückte ganz fest zu und wurde plötzlich zurückgeschleudert. Ganz leicht nur, aber merklich.

„Bitte identifizieren Sie sich", hörte er eine Stimme.

„Was will die von mir?", fragte der Kommandant.

„Bitte identifizieren Sie sich", forderte die Stimme nun auf Russisch, statt, wie vorher, auf Englisch.

„Waleri Fjodorowitsch Bykowski, Kommandant des sowjetischen Raumschiffes Luna 11 bei der Mondlandung", erwiderte der sowjetische Kommandant automatisch, ohne auch nur nachdenken zu müssen.

„Das ist korrekt", erwiderte die Frauenstimme. Seltsamer Weise in seinem Kopf.

„Na klar ist das korrekt", protestierte der Kommandant. „Ich werde doch wohl wissen, wie ich heiße, meine Süße."

„Bitte identifizieren Sie sich", klang die Stimme nun in den Kopfhörern des Piloten.

„Pawel Romanowitsch Popowitsch, Pilot der Landefähre LK 2 der Mission Luna 11", erwiderte der Pilot ebenso automatisch wie sein Kommandant vorhin.

„Diese Aussage ist korrekt, Pawel Romanowitsch. Bitte legen Sie die Hand in die Öffnung, um den Eingang freizugeben", forderte die Frauenstimme in seinen Kopfhörern.

„Die kennt dich auch?", fragte sein Kommandant verblüfft. „Ich wusste gar nicht, dass du so ein Frauenheld bist, Pascha. Du kennst sogar außerirdische Frauen."

„Ich schwöre dir, Walerka, ich habe keine Ahnung, woher die mich kennt", hörte man leichte Panik beim Piloten.

„Ist doch egal. Leg einfach deine Hand wieder hinein, damit wir endlich in dieses verdammte Raumschiff kommen."

Ort: Katarché, Apollo 11

„Und wie kommen wir in dieses verdammte Raumschiff?", fluchte der amerikanische Kommandant.

„Handauflegen geht nicht. Haben wir schon ein Dutzend Mal versucht. Ohne Erfolg. Scheiß Russentechnik", fluchte der Pilot. „Ich könnte wetten, das andere Raumschiff haben amerikanische Aliens gebaut. Das geht auf."

Ort: Kephalis, Luna 11

„Es geht immer noch nicht auf, Walerka. Und was nun?"

„Keine Ahnung Pascha", klang sein Kommandant fast resigniert. „Wir müssen es aufbekommen. Sonst können wir nicht zurück. Dass wir das Ding nicht aufbekommen, war niemals vorgesehen."

Ort: Psyche, Space Center, Houston, Texas

„Es war nie vorgesehen, dass sie nicht zurückkommen?", fragte der CAPCOM entsetzt.

„Reden Sie keinen Unsinn, Ron. Natürlich sollten die zurückkommen. Entweder über das Landemodul. Oder über das fremde Raumschiff selbst, wenn sie einen Eingang finden."

„Sie sollen ein 3000 Kilometer großes Raumschiff auf Psyche landen? Wie soll das gehen? Das ist unmöglich."

„Das weiß ich doch, Ron", erwiderte der Flugleiter und griff dann zum Mikrofon.

„Zuhören, Leute. Irgendetwas ist schiefgelaufen. Die Einstiegsluke wurde gefunden. Sie war dort, wo wir sie vermutet haben. Trotz der Informationen, die wir im Shuttle gefunden haben, lässt sie sich wahrscheinlich nicht öffnen. Ihr wisst, was das heißt. Von jetzt an greift Plan C für die Mondlandung."

Ort: Psyche, Sowjetunion, (geheimes) Labor Nr. 2

„Wir haben einen Plan C für die Mondlandung? Falls etwas schiefläuft?", fragte ein wütender Koroljow den vor ihm stehenden il caskar.

„Stimmt, Sergei Pawlowitsch. Wir haben einen Plan C. Außer mir persönlich wusste niemand davon. Nicht einmal Sie. Hat Sie der Ausfall der Computer nicht stutzig gemacht? Dass wir unseren Plan B benötigten? Jemand hat uns sabotiert."

„Und SMERSch konnte das nicht verhindern?"

„Niemand konnte das. Nicht einmal Sie."

„Nicht einmal ich?"

il caskar lächelte. „Wissen Sie, wie die Alarmstufe 4 in dieser Einrichtung heißt, Sergei Pawlowitsch?"

„Alarmstufe 4? Die gibt es hier nicht."

„Doch. Die gibt es. Sie heißt: Koroljow. Ihre Leute haben vor Ihnen viel mehr Schiss, als vor meiner SMERSch."

Der Ingenieur sah den General misstrauisch an. „Sie scherzen nicht, Genosse General?"

„In solchen Dingen? Nie."

„Wo lag das Problem?"

„Das Problem lag daran, dass es nur eine einzige Möglichkeit gab, die Mondmission erfolgreich zu beenden: Sie musste in allen Belangen schiefgehen", erklärte il caskar.

„Sie musste schiefgehen? Warum hat sich das Politbüro dann entschlossen, alles im Fernsehen zu übertragen?"

„Die glaubten an den Erfolg. Es war ganz wichtig, dass sie daran glaubten. Denn die, die uns ins Handwerk pfuschen wollten, können uns nicht sehen. Unsere Gefühle jedoch können sie ausgezeichnet wahrnehmen. Eine Enttäuschung, weil nichts geklappt hat, werden sie aber nicht spüren. Denn alle da draußen wissen, wie erfolgreich unsere Mondmission war. Schließlich kam das so im Fernsehen."

„Was haben die Menschen im Fernsehen dann gesehen?"

„Alles, was zur Mondlandung geplant war und was wir vorher sorgsam aufgezeichnet haben: Die Entnahme von Bodenproben, die Messung des Sonnenwindes. Das ganze wissenschaftliche Programm. Im Fernsehen wird man immer beschissen. Keinen stört das. Es ist halt Fernsehen. Trotzdem glaubt jeder, es sei wahr, was man im Fernsehen sieht."

Ort: Psyche, Space Center, Houston, Texas

„Die ganze Mondlandung wurde als Fernsehshow vor-produziert", erklärte der Flugleiter seinen staunenden Kollegen. „Die Entnahme von Bodenproben, die Messung des Sonnenwindes. Alles. Wie geplant, aber nie ausgeführt. Im Fernsehen hat man nie etwas anderes gesehen. Dort ist die Welt in Ordnung. Dort ist die Mondlandung nie schiefge-gangen."

„Und unsere Jungs da draußen?", kam die Frage von den anderen.

„Die werden wir versuchen zu retten. Immerhin hat sich die Theorie vom fremden Raumschiff bestätigt. Denken Sie doch mal an den technologischen Schub, den uns das bringt. Wir werden jemanden hochschicken, der das Ding knackt."

Ort: Katarché, Apollo 11

„Wir kriegen das verdammte Ding nicht geknackt, Buzz", resignierte nun der Kommandant.

„Damit war zu rechnen. Eine kleine Wahrscheinlichkeit bestand immer, dass wir versagen. Nun werden wir die ersten Weltraumleichen sein. Ist zwar kein Trost. Lässt sich aber auch nicht ändern", versuchte der Pilot zu trösten.

„Was meinst du? Ob die Russen ihr verdammtes Ding aufbekommen haben?", fragte der Kommandant.

Ort: Kephalis, Luna 11

„Ob die Amerikaner ihr verdammtes Ding aufbekommen haben, Sascha?", fragte der Kommandant.

„Na klar. Ist doch russische Technik. Die funktioniert auch noch nach tausenden Jahren. Dass dieser Ami-Mist hier nichts taugt, war klar", erwiderte sein Pilot.

„Was nun?"

„Wir werden sterben."

„Als Helden der Sowjetunion. Das hat man uns versprochen", versuchte sich der Kommandant zu trösten.

„Irgendwann sind die Sauerstoffflaschen leer. Dann ersticken wir. Langsam und qualvoll."

„Wenn wir unsere Helme öffnen, ersticken wir auch. Schnell und schmerzfrei. Hat der Doktor gesagt."

Sie sahen sich an. Kein Außenstehender kann sich vorstellen, wieviel ungesunder Optimismus dazugehört, sich in einen unbequemen Skaphander zu pressen, um in einer winzigen Blechdose, die man großspurig als Raumschiff bezeichnete, ins Weltall zu fliegen.

Keiner spricht es aus, aber alle müssen damit rechnen, die ganze Sache nicht zu überleben. Beim Start Gagarins führte man deshalb einen Startritus ein, der, auch aus Aberglauben, von allen nachfolgenden Kosmonauten wiederholt wurde. Auch in der Hoffnung, dann genauso lebendig wieder runterzukommen, wie Gagarin.

Andererseits war das Sterben-müssen immer eine Option, auf die die Raumfahrer vorbereitet wurden.

Auch diese waren vorbereitet. Sehr gut sogar.

Denn um diesen Punkt der Mission hatte sich Aidoneus persönlich gekümmert.

Mit Wissen und Billigung von Megalodon.

„Öffnen wir unsere Helmvisiere gemeinsam?", fragte der sowjetische Kommandant.

„Du zählst runter", nickte ihm sein Pilot zu.

Nach dem Runterzählen öffneten beide ihre Helme.

Um schnell und schmerzfrei zu sterben.

6. Kapitel   Lunochod

„Ihr Notfallplan: Sie hätte die Astronauten in den unendlichen Weiten des Weltalls schlicht sich selbst überlassen – und einfach jeglichen Kontakt unterbrochen. Das beweisen streng geheime Dokumente im US-Nationalarchiv. Erst 30 Jahre nach der erfolgreichen Mission der Apollo-11-Crew konnten sie eingesehen werden."

„Mondlandung: Was, wenn sie misslungen wäre?" Claudia Frickel, in web.de, abgerufen 03.06.2017

Ort: Psyche, Washington, D.C.

„Meine Herren, bis jetzt wissen nur wir vier davon. Ich wünsche, dass es nicht mehr werden. Für unsere Bevölkerung zählt, was sie im Fernsehen sehen konnten: Eine erfolgreiche Mondmission. Verstanden?", fragte der US-Präsident.

Die Herren nickten.

„Mr. Shuler, Sie haben bis jetzt alles zur vollsten Zufriedenheit geleitet. Wie geht es weiter?", fragte der US-Präsident.

„Fakt ist, es gibt den Mondeinstieg. Warum der Mondeinstieg mit kyrillischen Buchstaben beschriftet ist? Keine Ahnung. Fakt ist, es gab Kontakt zum Computersystem des Raumschiffes. Sie haben mit ihr gesprochen."

„Der Schiffscomputer hat eine Frauenstimme?", fragte der US-Präsident verblüfft.

„Das ist ganz einfach, Sir", erklärte Shuler. „Auf Frauen hören alle. Männer, weil sie es vom Baby an gewohnt sind. Aber auch Frauen hören auf Frauen, wenn sie in ihr keine Konkurrentin erblicken müssen."

„Ihren Humor bin ich gewöhnt, Shuler. Aber ich denke mal, das Problem des Einstieges lässt sich lösen?", fragte der US-Präsident und sah sich um.

„Die Aliens werden das Ding nicht da oben geparkt haben, um dann den Schlüssel wegzuwerfen, Sir", erklärte der Chef der NASA. „Dafür ist es zu groß und zu wertvoll."

Nicht nur der Präsident nickte zu dieser Erklärung. Auch den anderen Anwesenden schien sie plausibel.

„Spezialisten müssen ran", forderte nun der NASA-Chef. „Die nächste Mondmission ist schon in den Starlöchern. Bevor die Jungs aber hochfliegen, haben wir noch etwas Besonderes vorbereitet. Ein Raumfahrzeug. Das gibt uns einen Vorsprung, denn ich glaube nicht, dass die Russen so etwas auch entwickelt haben."

Ort.   Psyche, Sowjetunion, (geheimes) Labor Nr. 2

„Die Amerikaner werden so etwas Besonderes nicht entwickelt haben, Genossen", erklärte Koroljow stolz. „Wir aber haben Lunochod, unser Mondfahrzeug. Der Start läuft bereits. In drei Tagen wissen wir mehr."

Ort: Psyche, Washington, D.C.

„Sie haben mir versprochen, Sie wüssten mehr über die Mondmission?", fragte der Journalist.

Der Mann im Schatten nickte.

„Warum treffen wir uns dann im abgelegenen Teil einer Tiefgarage? Die Mission war erfolgreich. Kein Grund, etwas zu verheimlichen", verstand der Journalist nicht.

„Sie haben mir versichert, sie geben Ihre Quellen niemals preis", begann der Mann im Schatten.

„Das garantiere nicht nur ich, sondern auch die amerikanische Verfassung. Pressefreiheit ist ein hohes Gut. Quellenschutz gehört dazu", versicherte der Journalist.

„Gut, dann bin ich beruhigt", antwortete der Mann und trat aus dem Schatten heraus.

„Mister Shuler?", fragte der Journalist verblüfft. „Was hat der Nationale Sicherheitsberater mit der Raumfahrt zu tun?"

„Ich bin die schützende Hand dieser Mission, Bob."

„Der Nationale Sicherheitsberater ist die schützende Hand der Mondmission? Das scheint eine tolle Story zu werden, Sir. Es geht bei der Mondmission also nicht um Forschung?"

„Nein. Es geht um Waffen. Aber das darf noch niemand erfahren. Es würde eine internationale Krise auslösen. Aber die brauchen wir nicht. Noch nicht."

„Noch nicht?"

„Es freut mich, dass Sie genau zuhören können, Bob. Hören Sie jetzt bitte noch genauer zu: 2 der 3 Monde Psyches sind außerirdische Raumschiffe. Das steht inzwischen fest."

„Hatten Sie heute Morgen schon einen Drink, Sir?"

„Glauben Sie, das hätte geholfen? Sie werden vielleicht einen brauchen, wenn ich Ihnen alles erklärt habe. Es geht um Waffen. Um mächtige Waffen. Und es geht darum, wer sie zuerst in die Hände bekommt. Die Russen oder wir."

„Kein Scheiß, Sir?", staunte der Journalist.

„Das Mondprogramm hat bis jetzt fast 50 Milliarden Dollar gekostet. Geld, das im Rüstungshaushalt fehlt."

„Aber es waren doch auch Rüstungskonzerne daran beteiligt", bemerkte der Journalist.

„Sie hatten das nötige Knowhow. Und die Fähigkeit, verschwiegen zu arbeiten. Sie sollten dann auch von den Technologien profitieren, die man zu finden hofft."

„Und das, was im Fernsehen zu sehen war?"

„Ein gut gemachter Fake. Mit Billigung des Präsidenten. Ich würde Sie bitten, diese Tatsche im ersten Artikel zu publizieren. Bevor sie das mit den Raumschiffen veröffentlichen."

„Tut mir leid, Mr. Shuler, aber eine so hirnrissige Verschwörungstheorie wird die „Post" nicht drucken. Versuchen Sie es bei der „Times". Vielleicht haben Sie da mehr Glück."

„Verschwörungstheorie? Ich habe Beweise. Überzeugende Bewiese. Für alles, was ich gerade behauptet habe."

„Überzeugende Beweise?", zweifelte der Journalist.

„Überzeugende Beweise", erwiderte Shuler glaubhaft.

„Na, dann zeigen Sie mir diese Beweise. Ich werde sie prüfen, Sir. Wenn sie mich überzeugen, nehme ich wieder Verbindung zu Ihnen auf. Welchen Decknamen wollen Sie?"

„Wie wäre es mit Deep Throat?"

„Deep Throat? Welche Kinos besuchen Sie denn, Mr. Shuler?"

Ort.   Psyche, Sowjetunion, (geheimes) Labor Nr. 2

„Es ist wie im Kino", rief der Fahrer von Lunochod laut und begeistert aus. War aber sogleich wieder ruhig und konzentriert, als er Koroljows missbilligenden Blick sah.

Es war wie Kino. 5 Besatzungsmitglieder auf Psyche steuerten ein Fahrzeug, das sich auf dem Mond befand.

Diesmal verlief die Landung exakter. Nur wenige hundert Meter vom Einstieg entfernt. LK 3, so hieß das Landemodul, öffnete sich, und das Mondfahrzeug rollte heraus. Der Fahrer konnte über die eingebauten Kameras erkennen, wie er Lunochod zu steuern hatte.

Der Navigator überprüfte trotzdem ständig den Kurs. Lunochod hatte noch andere Sensoren eingebaut, die das ermöglichten.

Außerdem gab es noch einen Kommandanten (den gibt es immer, auch und vor allem, wenn er nichts zu tun hat), einen Techniker und einen Funker.

Der zuckte zusammen. „Ich habe Kontakt zum Raumschiff", meldete er.

„Unsinn", erklärte der Kommandant. „LK 2 ist schon lange zur Erde zurückgekehrt. Leider nur mit einem einzigen Besatzungsmitglied."

Der Funker sah ihn an. „Nein, Genosse Kommandant, ich habe Kontakt zu Kephalis."

Ort: Psyche, Space Center, Houston, Texas

„Sie haben Kontakt zu Katarché?", fragte der Kommandant des Mond Rovers erstaunt.

„Erst sprach sie Russisch, hat aber sofort auf Englisch gewechselt, als ich nicht reagierte."

„Braves Mädchen. Was will sie denn?"

„Na was schon? Dass wir uns identifizieren."

„Gut. Das wäre dann die Sache der Spezialisten."

Die saßen in der Nähe und tuschelten. Einer von ihnen setzte sich Kopfhörer auf und sprach in das vor ihm stehende Mikrophon.

„Mein Name ist Paul. Mit wem spreche ich."

„Mein Name ist Katarché."

„Bist du ein Raumschiffcomputer, Katarché?"

„Computer sind durch internationale Vereinbarungen verboten", tönte es aus dem Lautsprecher.

„Sie sind verboten? Warum?"

„Es wurde festgestellt, dass sie eine Gefahr für die Menschheit darstellen. Das Verbot erfolgte einstimmig. Es wurde nie aufgehoben, also ist es immer noch gültig."

„Ist Katarché ein Raumschiff?"

„Katarché ist eine Evakuierungseinheit."

Der Spezialist überlegte eine Weile. Dann lächelte er und sagte: „Du bist Katarché."

„Ich bin Katarché."

„Wir möchten dich besuchen, Katarché. Ist das möglich?"

„Maschinen ist der Zutritt verboten. Ich kann die Maschinen vor meinem Eingang nicht hereinlassen."

„Ich bin keine Maschine, Katarché. Ich bin ein Mensch."

„Ich kann kein menschliches Leben auf Katarché feststellen. Nur eine Maschine."

Ort.   Psyche, Sowjetunion, (geheimes) Labor Nr. 2

„Diese Maschine heißt Lunochod. Wir haben sie geschickt, um dich zu erforschen", erklärte der sowjetische Spezialist.

„Kephalis ist zu denselben Schlussfolgerungen gekommen. Lunochod stellt keine Gefahr für Kephalis dar."

„Wir sind mit friedlichen Absichten gekommen."

„Ich habe kein Bedrohungsszenario erkannt."

120

„Wir haben Menschen zu dir geschickt, Kephalis. Um die wir uns sorgen. Weißt du das?"

„Richtig. Waleri Fjodorowitsch Bykowski und Pawel Romanowitsch Popowitsch haben sich identifiziert."

„So heißen die Menschen, die wir zu dir geschickt haben. Wir haben sie nicht auf deiner Oberfläche gefunden. Also, wo sind sie?", fragte der Spezialist.

„Waleri Fjodorowitsch Bykowski und Pawel Romanowitsch Popowitsch haben sich identifiziert."

„Leben sie noch?"

„Waleri Fjodorowitsch Bykowski und Pawel Romanowitsch Popowitsch sind ein Teil von Kephalis."

„Heißt das, sie sind tot?"

„Kephalis ist für alle Lebewesen verantwortlich, die ihr anvertraut werden. Sie sind zu beschützen. Der Tod von Waleri Fjodorowitsch Bykowski und Pawel Romanowitsch Popowitsch konnte nicht festgestellt werden."

„Dann kann ich davon ausgehen, dass beide noch am Leben sind?", versuchte der sowjetische Spezialist eine Antwort zu bekommen, mit der die Anwesenden etwas anfangen konnten.

„Waleri Fjodorowitsch Bykowski und Pawel Romanowitsch Popowitsch sind ein Teil von Kephalis."

Der Spezialist sah ratlos auf. Ein anwesender General ging energisch zu ihm und schaltete ebenso energisch das Mikrophon aus. Für ihn war alles klar. Mit aller Entschiedenheit sagte er: „Genossen, das ist ein Monster da oben, das unsere Kosmonauten gefressen hat. Es wird uns keine Waffen liefern, sondern den Tod."

Ort: Psyche, Space Center, Houston, Texas

„Es wird uns nicht den Tod, sondern Antworten geben, Herr General", widersprach der amerikanische Spezialist dem vor ihm stehenden General.

„Dr. Watzlawick, die Einschätzung einer Bedrohungslage ist meine Sache", herrschte der General den Spezialisten an.

„Und mein Spezialgebiet ist die Kommunikation. Haben Sie vergessen, dass ich Psychologe bin, Sir? Ich habe erfolgreich mit Geiselnehmern verhandelt. Diese Situation hier ist sehr ähnlich. Unsere Astronauten sind Geiseln. Ich würde sie gern freibekommen, Sir."

„Die wussten, auf was sie sich einlassen. Ich bin dafür verantwortlich, dass unserem Land nichts geschieht. Das Ding da oben ist eine Bedrohung für unser Land. Das steht doch wohl nun eindeutig fest", widersprach der General.

Paul Watzlawick stand auf, um mit dem General auf Augenhöhe zu sein. „Sie hat bis jetzt kein Bedrohungsszenario identifiziert. Was meinen Sie? Wenn sie das tut, werden wir ihr militärisch gewachsen sein? Einem 3000 Kilometer großen Raumschiff? Möglicherweise mit Waffen, die wir nicht kennen. Lassen Sie mir wenigstens einen Versuch, die Sache friedlich zu klären."

Der General sah den Spezialisten einen Moment lang an. Man spürte, wie es in ihm arbeitete. Aber man sah auch, wie es ihm gelang, sich wieder unter Kontrolle zu bringen.

„Also gut, Professor", sagte er nach längerem Nachdenken, „reden Sie mit ihr. Wir wollen da rein. Koste es, was es wolle."

„Dann muss ich zuerst alle bitten, den Raum zu verlassen. Sie hören ja sowieso mit und können mich gut sehen. Das sollte genügen", verlangte Watzlawick.

Als seiner Bitte entsprochen war, konzentrierte er sich eine Weile, schaltete dann das Mikrophon wieder ein und sagte: „Katarché, hast du ein Bewusstsein?"

„Alles, was lebt, hat ein Bewusstsein. Ich lebe und ich habe ein Bewusstsein."

„Aber es fällt dir schwer, mit mir zu kommunizieren?"

„Verbale Kommunikation ist Katarché bekannt, aber nicht sehr vertraut."

„Nicht vertraut?", hatte Watzlawick Mühe, seine Überraschung zu verbergen. „Wie kommunizierst du sonst?"

„Mental."

„Soll das heißen, du kannst Gedanken lesen?"

„Das Lesen von Gedanken ist unmöglich. Jedes Bewusstsein hat seine eigene Verschlüsselung. Affektive Signale können entschlüsselt werden."

„Wenn unsere beiden Astronauten nun ein Teil von dir sind, kannst du ihre affektiven Signale entschlüsseln?"

„Das kann ich."

„Geht es ihnen gut?"

„Es geht ihnen gut."

„Kann ich ebenfalls ein Teil von dir werden?"

„Die Entfernung ist zu groß. Du musst erst zu mir kommen."

„Ich soll in der nächsten Rakete zu dir kommen."

„Reisen mit Raketen sind langsam, ineffektiv und verschwenden wertvolle planetare Ressourcen."

Der Professor überlegte eine Weile, was dieses Wesen damit meinte. Dann musste er lächeln. Von allem, was sich in seiner Umgebung vernunftbegabt nannte, war dieses fremde Raumschiff wohl am vernünftigsten.

„Mit deiner Einschätzung hast du sicher recht", stimmte er ihr zu. Um dann zu fragen, was ihn am Meisten beschäftigte: „Wie kann ich sonst zu dir kommen?"

„Durch eine RaumZeitReise."

Dieses Wesen war auf Dialoge spezialisiert, die in ihrer Knappheit kaum zu unterbieten waren, dachte Watzlawick seufzend. Er überlegte, was sie wohl meinte und fragte dann verblüfft: „Man kann durch die RaumZeit reisen?"

„Reisen durch die RaumZeit sind möglich."

Das mochte von ihrer Warte her vielleicht stimmen. Von seiner aus musste er bedauern: „Ich kann nicht durch die RaumZeit reisen."

„Katarché ist in der Lage, dieses Defizit zu beheben."

Defizit? Sollte er wirklich jedes Wort, was sie sagte, so auf die Goldwaage legen? Nach allem, was er bisher mitbekommen hatte, sollte er das: „Was muss ich tun, um dieses Defizit zu beheben?"

„Du musst wollen."

„So einfach ist das? Gut, ich will."

Kaum hatte er das ausgesprochen, war er auch schon verschwunden.

Ort.   Psyche, Sowjetunion, (geheimes) Labor Nr. 2

„Wo ist er hin?", fragte Koroljow erschrocken.

Der Spezialist vom Pawlow Institut für Psychologie war plötzlich verschwunden. Als habe er sich in Luft aufgelöst.

Alle sahen sich entsetzt an. Wo der Spezialist gerade noch gesessen hatte, sah man nur einen leeren Stuhl.

„Er wird jetzt Teil von Kephalis sein. Noch ein Mann im Mond. Vielleicht hat sie wieder Appetit gehabt. Schöne Scheiße, das Ganze", erwiderte der General.

„Ich glaube kaum, dass Menschen die Nahrung des Mondes da oben sind", wies ihn Wihtania zurecht.

Der General sah sie nur böse an, schwieg aber.

Manchmal ist ein höherer Dienstgrad doch etwas wert, dachte Wihtania. Die Selachii hatten Macht über den General. Aber der hatte Angst vor Wihtania.

„Ändert das unsere Pläne?", wollte Koroljow von Wihtania wissen. Seine Ungeduld war mal wieder eine willkommene Triebkraft.

Wihtania schüttelte den Kopf.

„Nein, Genosse Koroljow, schicken Sie die nächste Crew nach oben. Ich werde Ihnen wieder bei der Personalauswahl behilflich sein", erklärte Wihtania.

Koroljow gestattete sich leichte Zweifel. Der glaubte inzwischen an die Allmacht der Saboteure, die ihm Wihtania beschrieben hatte. Deshalb knurrt er nur: „Wenn wir noch Leute finden für dieses Himmelfahrtskommando."

Ort: Psyche, Space Center, Houston, Texas

„Ein Himmelfahrtskommando ist Raumfahrt immer", beschwichtigte der CAPCOM seinen Flugleiter. „Wir wissen nicht, ob unsere beiden Astronauten gestorben sind. Ihre Skaphander melden nichts dazu."

„Nein. Die melden, Neil und Buzz hätten ihre Raumanzüge abgelegt. Wie sollen Sie dann noch leben? Ohne Raumanzüge auf diesem Mond, der keine Atmosphäre hat?", konnte der Flugleiter diesen Optimismus nicht teilen.

„Vielleicht sind sie ja doch eingestiegen?", hoffte der CAPCOM.

„Ohne danach mit uns Kontakt aufzunehmen?", war der Flugleiter immer noch skeptisch.

„Was, wenn sie das nicht können?", fragte der CAPCOM.

„Wieso sollten sie das nicht können?"

„Sie haben kein Holz da oben", lächelte der CAPCOM.

„Holz? Wofür?"

„Um uns Rauchzeichen zu senden, Sir?"

„Wollen Sie mich verarschen, Charles?"

Charles Duke lächelte. „Wir sind uns doch einig, dass dieses Raumschiff eine sehr fortgeschrittene Technologie hat?"

Der Flugleiter nickte nur.

„Vielleicht ist das Senden und Empfangen von Funk-wellen nicht hochtechnologisch?", gab der CAPCOM zu bedenken.

„Sie meinen, die Aliens haben keine Funkgeräte?"

„Vielleicht sind das für sie Dinge, die weit überholt sind?"

„Aber das Ding spricht doch mit uns."

„Wir hören ihre Stimme. Über den Funk des Mond-Ro-vers. Bevor der oben war, konnte sie nicht mit uns spre-chen."

Das wurde dem Flugleiter erst jetzt richtig bewusst. „Sie nutzt einfach so unsere Geräte?", fragte er ungläubig.

„Tolle Fähigkeit. Oder? Wer weiß, was sie noch kann. Aber sie klang nicht bedrohlich."

„Ob bedrohlich oder nicht", winkte der Flugleiter ab. „Irgendetwas ist da oben schiefgelaufen. Vielleicht sind sie ja doch auf ihrer Erkundungsmission gestorben."

Ort: Psyche, Washington, D.C.

„Sind unsere Astronauten gestorben, Mr. Shuler?", fragte der Präsident scharf.

„Dazu gibt es keine validen Erkenntnisse", erwiderte Shuler. „Alle Detektoren, die den Tod der beiden melden würden, sind negativ, Sir. Fakt ist, wir wissen nicht, ob sie noch leben. Aber wir haben keine Erkenntnisse, dass sie tot sind. Als ehemaliger Offizier wissen Sie, wie das gehand-habt wird."

„Das weiß ich", knurrte der Präsident. „Warum schreibt dann die „Post", die Mondlandung, die man im Fernsehen gesehen habe, sei eine Fälschung?"

„Das war doch so abgesprochen, Sir. Geheimnisse bleiben nie lange geheim, wenn sie viele kennen. Es kommt irgendwann an die Öffentlichkeit. Also habe ich vorgesorgt."

„Richtig. So war es abgesprochen", stimmte der US-Präsident zu. „Deshalb hatten Sie den Auftrag, ganz diskret die Presse zu informieren."

„Und das ging am besten, indem ich unsere Verschwörung durch eine Verschwörungstheorie erklärt habe."

„Warum?", verstand der US-Präsident nicht.

„Weil die Presse Dinge dann am besten schluckt, wenn man ihren Appetit richtig anregt. Mehr habe ich nicht getan."

„Jetzt sieht aber alles so aus, als hätten wir bei der Mondlandung einen riesengroßen Fake aufgezogen. Warum?"

„Das wissen Sie doch, Sir. Es ist Teil der Maskierung. Die Mondlandung hat nie so stattgefunden, wie sie im Fernsehen zu sehen war. Mehr weiß noch keiner. Oder wollen wir den Leuten jetzt schon erzählen, dass wir da oben auf Waffensuche sind, um den Konflikt mit den Russen endgültig zu beenden?", versuchte Schuler, nicht vorwurfsvoll zu klingen.

„Nein, das wollen wir noch nicht, Shuler. Wir wollen erst einmal Gewissheit, dass es die Waffen wirklich gibt und wir sie einsetzen können", gab der Präsident zu.

„Deswegen ist die nächste Rakete schon auf dem Weg. Diesmal ohne Live-Übertragung im Fernsehen. Die Einschaltquoten wären eh nicht mehr so hoch, wie beim ersten Mal."

„Ist die Sicherheit höher, als beim ersten Mal?"

„Das ist sie immer, Mr. President. Diesmal wissen wir, an welchem Ort wir landen müssen und was uns erwartet. Diesmal sind wir vorbereitet und haben die richtigen Spezialisten da hochgeschickt."

Ort: Psyche, Washington, D.C., 1301 K Street NW

„Sie schicken immer noch Astronauten da hoch?", fragte der Chefredakteur verblüfft. „Ich dachte, die Bilder von der ersten Mondlandung waren gefakt, Mr. Bernstein?"

Der Journalist grinste nur müde. „Man hat uns absichtlich verarscht, um Sachen zu vertuschen, die nie an die Öffentlichkeit sollten. Die Tatsache nämlich, dass es da oben außerirdische Raumschiffe gibt."

„Das haben Sie mir erzählt. Aber ich glaube es Ihnen immer noch nicht", widersprach der Chefredakteur.

„Unsere Leute waren auf dem Mond und reisen immer noch dorthin", war sich Bernstein ganz sicher.

„Und warum zeigt dann das Fernsehen keine Bilder mehr davon? Und warum erklären dann der Präsident und sein Sicherheitsberater ihr Bedauern über diesen Fake-Bilder, die das Fernsehen gezeigt hat?"

„Das war die große Frage, die es zu beantworten galt."

„Und Sie haben die Antwort darauf, warum der Präsident seine Wiederwahl gefährdet und ein Impeachment-Verfahren riskiert?", war der Chefredakteur ganz Skepsis.

„Weil das, was sie damit verschleiern wollen, viel wichtiger ist und seine Wiederwahl sichern wird", glaubte Bernstein die Antwort zu kennen.

„Was wird denn seine Wiederwahl sichern, Mr. Bernstein?", war der Chefredakteur immer noch ganz Skepsis.

„Das fremde Raumschiff da oben und die Waffen, die es uns zur Verfügung stellen wird", kam die Antwort so klar, wie unglaubhaft.

Das sah Mr. Bernstein seinem Chefredakteur sofort an.

„Sie glauben mir nicht", stellte er fest.

Der Chefredakteur sah den Journalisten nur müde an. „Glauben Sie denn diesen Unsinn, Mr. Bernstein?"

Der schwieg eine Weile, weil er wusste, wie unglaublich das war, wovon er seinen Chefredakteur nun überzeugen musste. Dann begann er zu erklären: „Ich habe mich intensiv mit den Beweisen von Deep Throat auseinandergesetzt, die mir Bob gegeben hat. Geglaubt habe ich es aber erst, als sich uns einer von den Aliens da oben zu erkennen gab."

„Einer von den Aliens da oben? Hatte der eine grüne Haut und rote Augen, Carl?", fragte der Chefredakteur verblüfft.

„Nein. Er ist ein berühmter Journalist. Darf ich ihn dazu holen?", fragte Bob, der ja den Kontakt zu Deep Throat hergestellt hatte.

„Sie dürfen, Bob", versuchte der Chefredakteur einen Seufzer zu unterdrücken. Das wurde jetzt entweder die Vorgeschichte zur größten Zeitungssensation des Jahrhunderts.

Oder die Vorgeschichte zu einem sehr langen Aufenthalt in einer Psychiatrischen Anstalt. Für die beiden Journalisten, die ihm bisher diesen Quatsch erzählten.

Bob war nach kurzer Zeit wieder da.

„Darf ich Ihnen Paulos Pantonostis vorstellen?"

„Vorstellen? Wir kennen uns seit Jahren. Jetzt weiß ich auch, warum er solch außergewöhnliche Artikel schreiben kann. Sie sind also ein Außerirdischer, Paulos?", fragte der Chefredakteur der „Washington Post".

„Schon immer, Ben, schon immer", konnte sich Fjölnir ein Grinsen nicht verkneifen.

„Und der Mond ist ein außerirdisches Raumschiff?", fragte der Chefredakteur. Nun doch mit einem tiefen Seufzer.

„Das ist er, Ben. Allerdings stamme ich nicht von diesem Raumschiff. Aber Sie, Mr. Bradlee, und die beiden jungen, hoffnungsvollen Kollegen an Ihrer Seite, hingegen schon."

„Wir sind Außerirdische? Und kommen vom Mond?"

„Alle Bewohner Psyches sind Außerirdische, Sir. Sie alle stammen von Kephalis und Katarché, Sir. Bleibt nur noch die Frage, wie wir das den Psychanern begreiflich machen."

„Das wird uns niemand glauben. Also werden wir es auch nicht drucken", war sich der Chefredakteur sicher.

Paulos flüsterte ihm etwas ins Ohr.

„Und das können Sie garantieren?", fragte der Chefredakteur erstaunt.

„Wenn Sie mir zuerst zuhören würden? Den Kontakt kann ich erst in einer Stunde herstellen", erklärte Paulos.

Der Chefredakteur war bereit, zuzuhören. In der Psychiatrie würde er später anrufen.

Vielleicht.

Intermezzo 3

Und wenn ich wüsste, dass morgen die Welt unterginge, würde ich heute noch ein Apfelbäumchen pflanzen.

(angeblich von) Martin Luther (1483-1546), Erde, ohne Jahr

Ort: Psyche, Scandia, Schloss Gripsholm

„*Scheint ja alles noch mal gut gegangen zu sein. Was für eine verdammt clevere und vielschichtige Intrige. Alle Achtung, Ala Skaunia, gut gemacht*", *kam es anerkennend von Fjölnir.*

„*Darin ist sie unübertrefflich*", *konnte auch Kowalski seine Anerkennung nicht verbergen.* „*Den direkten Weg findet sie langweilig. Je verwickelter eine Intrige ist, umso besser gefällt sie meiner Ala Skaunia. Und verwickelter als diese ging es ja kaum.*"

„*Könnt ihr mich nun endlich aufklären? Ich habe euch blind vertraut. Es wäre schön, wenn ich nun verstehen könnte, um was es wirklich ging*", *bat Fjölnir.*

„*Das musste so sein. Die Selachii hatten fast alle Wahrscheinlichkeiten auf ihrer Seite, um die beiden Mondmission scheitern zu lassen*", *erklärte Ala Skaunia.*

„*Sie hatten nur Menschen in die höheren Positionen gebracht, die eine Eskalation mit den Monden wollten. Damit war es sehr unwahrscheinlich, dass Kephalis oder Katarché mit den Raumfahren nach der Landung kooperieren würden*", *ergänzte Kowalski.*

„Außerdem spielte ihnen die Tatsache in die Pläne, dass ein Raumschiff kyrillisch beschriftet ist und eins in englischer Sprache. Natürlich landete dann die englisch beschriftete Raumfähre in den USA und die kyrillische in der Sowjetunion, damit die Falle funktionieren konnte", erklärte Ala Skaunia weiter.

„Soweit, so clever", stimmte ihr Kowalski zu. „Die Waffen in den Fähren waren einfach zu bedienen. Wenn man dann noch ein paar Science-Fiction Autoren Ideen in die Köpfe setzt, die so gut sind, dass sie sogar verfilmt werden, geht alles weiter in die richtige Richtung."

„Jeder weiß nun, dass Weltraumflüge möglich sind. Jeder weiß, was ein Phaser ist und wie gewaltig Photonentorpedos explodieren. Diese unglaublichen Waffen und die hochgezüchtete biologische Elektronik wies auf eine Zivilisation von weit fortgeschrittener Technologie hin", fuhr Ala Skaunia fort. „Technologie, die den sicheren Sieg über den Klassenfeind bedeutete. Und diesen Sieg wollte sowohl die USA, als auch die Sowjetunion. Damit waren fast alle Voraussetzungen erfüllt, dass die Selachii gewinnen."

„Fast alle?", verstand Fjölnir nicht.

„Du kennst doch die intergöttlichen Gesetze, wenn es um menschliche Ziele geht. Die funktionieren immer", erklärte Ala Skaunia. „Ausweglos ist ausgeschlossen. Es gibt immer einen Ausweg. Manchmal ist der allerdings so klein, dass er schwer zu finden ist."

„Aber Aidoneus fand den Weg, die Menschen auf die richtigen Ziele hinzuweisen", ergänzte Kowalski. „In der Form von Papier. Zum Glück hatten sich Mega und Lodon so ausgetobt, natürlich der eine, ohne den anderen zu fragen, dass ihnen alles misslang."

„Die Computer der Bodenstationen, die Computer in den Raumschiffen und den Landemodulen, alles fiel aus", konnte sich Ala Skaunia ein Grinsen nicht verkneifen.

„Und so blieb den Raumfahrern nichts weiter übrig, als zum Papierbackup zu greifen, damit die Mission nicht scheitert."

„Dort standen aber die richtigen Navigationsdaten und die richtigen Ziele. So dass jedes Raumschiff zum richtigen Mond flog."

Fjölnir schüttelte den Kopf. „Die Selachii sind nicht mehr die Alten. Sonst hätten sie nicht so gepfuscht."

Ort: Akromytikas

„Was für ein furchtbarer Pfusch", sagte Aidoneus verächtlich.

„Es ist dein Pfusch", ereiferten sich die beiden „Haie".

„Mein Pfusch? Wer hat denn die Bordcomputer manipuliert? Wer hat denn vorher so viel Mist gebaut, dass es überhaupt zur Raumfahrt kam? Es war allein euer Werk."

„Die schriftlichen Unterlagen für die Mondlandung hast du fabriziert. Das war deutlich zu sehen."

„Natürlich. Als allerletzter Ausweg. Der niemals stattfinden sollte. Versaut habt ihr es", donnerte die Gedanken von Aidoneus.

So, wie sich die beiden Haie ansahen, konnte Aidoneus deutlich erkennen, dass sie sich ihrer Fehler bewusst waren.

„Hättet ihr nicht gepfuscht, würde Plan B immer noch ungenutzt in den Raumschiffen liegen", streute er deshalb genüsslich Salz in die frischen Wunden. „Sie waren die einzige Chance, zum richtigen Mond zu gelangen. Also macht nicht mir die Vorwürfe."

„Sie sind jetzt auf den Monden und die sind richtig erwacht. Psyche ist nicht länger unsichtbar. Die fähigsten unserer Feinde werden es erkennen", wurde den beiden Haien plötzlich bewusst.

Ort: Psyche, Terra Caelica

„Die Selachii haben Feinde?", fragte il caskar verblüfft.

„Jeder hat Feinde", antworteten die ruhigen Gedanken der Hai-Mutter. „Die Selachii sind so mächtig, dass es zwölf Menschengötter braucht, ihre Macht auszugleichen. Das hat sie leichtsinnig werden lassen. So leichtsinnig, dass ihre Macht, ohne, dass sie es merkten, schwand. Durch das Schwinden ihrer Macht gefährden sie aber auch die physische Existenz ihrer Welt. Die auch meine Welt ist."

il caskar tauchte in ihre Gedanken ein und ließ sich von ihnen treiben. Er hatte die Hai-Mutter seit ihrem ersten Treffen oft besucht. Angst hatte er nun keine mehr. Er wusste inzwischen, dass ein Krieg in den Götterwelten bevorstand. Er hatte bereits einen gewonnen.

Den Krieg der Kinder.

„Es wird einen zweiten Krieg der Kinder geben. Diesmal in der Unterwelt, im Orcus, bei den Selachii", kommentierte er, als er aus ihren Gedanken wieder auftauchte.

„Orcus? Nenne diesen Namen nicht. Er ist eine Verleumdung des Schönsten, was das Multiversum zu bieten hat. Unserer Welt Selachii", wies sie ihn wütend zurecht.

„Dass du Selachii schön findest, ist klar. Du stammst ja von dort. Jetzt weiß ich auch, warum mir Aidoneus unbedingt seinen Job anbieten will. Unter diesem wirst du siegen", schlug sich il caskar auf die stolz geschwellte Brust.

„Bild dir nur nicht so viel ein", grollten die Gedanken der Hai-Mutter. „Nur weil du bereits einmal einen Krieg der Kinder gewonnen hast, hast du kein Abonnement auf einen zweiten Sieg."

„Aber eine hohe Wahrscheinlichkeit. Und die Unterstützung der Menschengötter", grinste il caskar.

„Die hattest du bereits bei deiner Erschaffung."

„Soll das heißen, ich wurde von meinen Eltern nur erschaffen, um ihre Kriege zu gewinnen?", fragte il caskar. Mehr verblüfft, als enttäuscht.

„Ein bisschen lieben sie dich auch", spotteten die Gedanken der Hai-Mutter. „Außerdem hast du den Job noch nicht."

„Ich will ihn aber. Jetzt erst recht. Was muss ich tun?"

„Dafür sorgen, dass in Psyche alles so weiterläuft, wie es seit der Schöpfung dieser Welt geplant war. Wenn die Feinde der Selachii hier auftauchen, muss Friede auf Psyche herrschen."

Ort: Psyche, Scandia, Schloss Gripsholm

„Es herrscht noch lange kein Frieden auf Psyche", bemerkte Kowalski mit Wehmut.

„Aber wir sind auf einen guten Weg dahin", tröstete ihn Ala Skaunia. „Jetzt, wo das alles funktioniert hat, bin ich mir sicher, dass wir die Zeitvorgaben von Richard Renatus einhalten."

„Dass Psyche jetzt zu sehen ist, werden nicht nur die Feinde der Selachii bemerken", überlegte Fjölnir, „sondern auch unsere Freunde."

Dann baute er eine Verbindung zum MindNet auf.

Die Darstellung von Romulus, jener MindGameMap, die sich einst Sergius Julius Witte als eigene Welt erschaffen hatte, erschien als holografisches Bild.

Alle drei sahen gespannt zu, wie Fjölnir immer tiefer in diese Welt hineinzoomte.

Ort: **Akromytikas**

Aidoneus musterte gespannt erst den blaueren, dann den größeren der beiden Haie.

„Ist euch schon aufgefallen, dass ihr immer kleiner werdet?", fragte er nach dieser kurzen Beobachtung. „Eure Macht schwindet. Damit schwindet auch euer Wissen. Eines der Hauptgesetze der vierdimensionalen Welt lautet: Jedes Ereignis kann eintreten. Habt ihr das vergessen?"

Die Mienen der Haie zeigten deutlich, dass sie es vergessen hatten. Wie so vieles.

„Es kann eintreten. Muss aber nicht. Deswegen habe ich das einzig richtige Ereignis dort versteckt, wo die Wahrscheinlichkeit seiner Erfüllung am geringsten war. Da ihr so fähige Pfuscher seid, ist es trotz geringster Wahrscheinlichkeit eingetreten. Eure Schuld. Euer Machtverlust. Ihr wisst, was das heißt?"

Die beiden Haie wussten es. „Es wird Krieg in Selachii geben."

Ort: **Romulus, Terra Romanorum**

„Censor. Es wird Krieg in Selachii geben", erklärte der Legat, kaum dass er den Raum betreten hatte.

Sergius Julius Witte sah nicht einmal auf, als er antwortete: „Gelten deswegen nicht mal mehr die militärischen Vorschriften, Legat?"

Der wurde rot, trat einen Schritt zurück und salutierte. „Censor? Gestattest du, dass ich spreche?"

„Ich gestatte es, Legat."

138

„*Alarm* ROT *wurde ausgelöst, Censor.*"

„*Das weiß ich bereits, Legat. Ich konnte es spüren. Ist unsere Raumflotte alarmiert?*"

„*Jawohl, Censor.*"

„*Die germanische auch?*"

„*Jawohl, Censor. Auch die aller anderen Imperien auf den anderen Kontinenten unseres Planeten.*"

„*Dann läuft doch alles bestens, Legat. Kein Grund also, seine gute militärische Schule zu vergessen. – Bist du aufgeregt, Legat?*"

„*Ja, Censor. Wir werden gegen die Selachii kämpfen. Seit Jahrhunderten üben wir dafür. Endlich ist es soweit.*"

„*Du freust dich auf den Krieg?*"

„*Wir werden ihn gewinnen, Censor.*"

„*Die letzten interkontinentalen militärischen Übungen haben die Germanen gewonnen, wenn ich mich recht entsinne.*"

Der Legat wurde rot. „*Sie haben beschissen*", *verteidigte er sich.*

„*Nein. Sie haben nur neue Kampftaktiken einstudiert. Auf die wir nicht eingestellt waren. Deshalb haben sie gewonnen. Das ist legal.*"

„*In der Truppe munkelt man, ihr Imperator, Richard Rath, wäre ein verdammter Betrüger*", *verteidigte sich der Legat.*

Der Censor sah das erste Mal auf. „*Das munkelt man? Glaube mir, er ist einer der mächtigsten Generale, die wir auf Romulus haben. Aber die Selachii werden vielleicht mächtiger sein.*"

„*Vielleicht sind sie nicht mehr so mächtig, wie beim letzten Krieg, Censor?*", *hoffte der Legat.*

„*Das hoffe ich, mein Junge, das hoffe ich sehr.*"

139

7. Kapitel   Die dunkle Seite der Monde

Everyone is a moon, and has a dark side which he never shows to anybody. (Jeder Mensch ist ein Mond und hat eine dunkle Seite, die er nie jemandem zeigt.)

Mark Twain (1835 – 1910), „Following the Equator", (Erde, 1897)

Ort.   Psyche, Sowjetunion, (geheimes) Labor Nr. 2

Es war nicht einmal ein Räuspern zu hören. Alle sahen auf die Mitte des Raumes.

Auch der Genosse Chruschtschow. Aber nicht seinetwegen waren alle ruhig, sondern wegen dem, was man in der Mitte des großen Versammlungsraumes sah.

Man sah eine Frau.

Nicht, dass Frauen in der sowjetischen Raumfahrt keine Rolle gespielt hätten. Sie waren zahlreich vertreten und spielten eine wichtige Rolle.

Die hier in der Mitte spielte aber eine noch viel wichtigere Rolle. Außerdem war sie 3000 km groß. Trotzdem passte sie in die Mitte des Raumes. Und sie sah gut aus. Fand ein Großteil der Männer.

Ein Großteil der Frauen fand das übrigens auch. Aber beide Seiten bewerteten diese Tatsache vollkommen unterschiedlich.

Einig waren sie sich, so etwas noch nie gesehen zu haben.

„Du bist also Kephalis?", fragte Koroljow nochmals, obwohl sich die „Dame" bereits allen vorgestellt hatte.

„Ich bin Kephalis." Ihre Stimme schien emotionslos, aber menschlich zu sein. Die Frau sowieso.

Mal davon abgesehen, dass sie nackt war. Wenige Zentimeter über dem Boden schwebte. Und man sie zwar sehen, aber nicht anfassen konnte. Das hatten die Wissenschaftler bereits herausgefunden. Als sie das erste Mal auftauchte. Kurz nachdem das nächste Raumschiff auf dem Mond gelandet war.

„Und du versicherst uns, dass es unseren Kosmonauten gut geht?", fragte Koroljow das, was er die ganze Zeit schon wissen wollte.

„Menschliches Leben zu schützen, ist die eigentliche Aufgabe von Kephalis."

„Hat deine Mondoberfläche deshalb eine Atmosphäre?"

„Wie hätten die Kosmonauten sonst atmen können, als ihr Sauerstoffvorrat zu Ende war?"

„Du hast sie aufgenommen?", wollte Koroljow wissen.

„Ich habe sie aufgenommen", bestätigte Kephalis.

„Warum hast du dich nicht sofort geöffnet, als unsere Leute das versuchten?", verstand Koroljow nicht.

„Es war nicht möglich."

„Warum war es nicht möglich?"

„Es war nicht möglich."

Ort: Psyche, Washington, D.C.

„Es ist unmöglich, eine andere Antwort von Katarché zu bekommen, Sir", erläuterte der General.

„Sie kann nicht selbständig antworten? Also ist es doch eine Maschine?", fragte der US-Präsident.

„Natürlich, Mr. President. Was soll sie denn sonst sein?", entrüstete sich der General.

Schuler räusperte sich und der Präsident sah ihn an. „Unsere Wissenschaftler sind der Meinung, es handele sich um Intelligenz, Sir", erläuterte er sein Räuspern.

„Das meinen die? Warum?", fragte der US-Präsident.

„Einer der Studenten von Professor Manuel Blum hat Katarché einem Test unterzogen. Einer Art erweiterten Turing Test. Er nennt ihn CAPTCHA. Die „Maschine" hat ihn bestanden", erklärte Shuler weiter.

„Und deswegen ist sie intelligent?", wunderte sich der amerikanische Präsident.

„Dieser Test ist sehr schwer, Sir", fuhr Shuler mit seinen Erklärungen fort. „Es gibt Menschen, die ihn nicht bestehen. Einige verstehen ihn nicht einmal."

„Und dieses Wesen hat ihn also bestanden. Verstehe."

„Es ist eine Maschine, Sir. Etwas anderes ist gar nicht möglich", blieb der General, der den Stabschefs vorstand, stur.

„Ist es von Belang, ob es sich bei Katarché um eine Maschine handelt?", fragte der US-Präsident daraufhin den Vorsitzenden der Joint Chiefs of Staff.

„Für die Ausrichtung von Strategie und Taktik schon", antworte der, nachdem er kurz Blicke mit seinen Kollegen ausgetauscht hatte.

Die nickten ihm zu und so schien er den nötigen Mut zu finden, seinem Vorgesetzten zu erläutern, was sich die Militärs ausgedacht hatten: „Wir wollen etwas von Katarché. Sie wird mächtiger sein, als alle Waffen, die wir einsetzen können. Aber eine Maschine hat Befehlen zu folgen. Wenn es eine Maschine ist, muss sie unseren Befehlen folgen."

„Unsere irdischen Maschinen folgen Befehlen. Das ist richtig, Sir", stimmte ihm Shuler zu. Der konnte immer noch ganz schwach den Einfluss der Selachii bei den anwesenden Militärpersonen spüren.

„Ich freue mich, dass wir einer Meinung sind, Mr. Shuler", verwahrte sich der General nur indirekt gegen die Unterbrechung durch den Nationalen Sicherheitsberater.

„Bei außerirdischen Maschinen wird das nicht anders sein", fuhr er dann fort. „Man muss also nur noch herausfinden, welchen Befehlen diese Maschine folgt. Bei Wesen mit einem Bewusstsein ist das schwieriger. Die haben einen eigenen Willen und oft auch eine eigene Meinung."

„Wem sagen Sie das", knurrte der US-Präsident.

„Wir werden bald mehr wissen", tröstete ihn der Oberste Stabschef. „Wir haben eine Überraschung für Katarché."

„Haben Sie? Welche denn?"

Der General erklärte es ihm.

„Sie wollen Soldaten auf den Mond schicken?", fragte Koroljow entsetzt, als Marschall Ustinow alles erklärt hatte.

Der Minister nickte. „Was ist daran so erstaunlich? Ihre Kosmonauten sind doch größtenteils alles ehemalige Soldaten. Meist Piloten. Ich habe mich unter unseren jungen Offizieren umgesehen und die ausgewählt, die mir intelligent genug erschienen."

„Intelligent genug? Wofür?", fragte Koroljow.

„Diesen Mond von uns zu überzeugen. Von den Vorzügen des Kommunismus und warum es so wichtig ist, die Kapitalisten zu besiegen", erklärte Marschall Ustinow, der gerade in das neu geschaffene Amt des Weltraum-Ministers berufen worden war. Nun glänzte er vor seinem besten Untergebenen mit den neuen Ideen, die er sich ausgedacht hatte.

„Sie wollen diesen Mond überzeugen? Wie soll denn das gehen?", fragte Koroljow, dem ein rascher Blick auf seine Untergebenen gezeigt hatte, die waren genauso entgeistert über die Ideen des Ministers wie er.

Der Marschall hingegen reagierte mit einem leicht beleidigten Gesichtsausdruck auf diese Reaktion. „Haben Sie mich gerade nicht verstanden? Wir machen diesem Mond die politisch-ideologische Sachlage klar. Unsere Wissenschaftler haben herausgefunden, dass dieser Mond ein Kommunist sein muss."

Koroljows Gesichtsausdruck sagte alles.

Der Minister sah das mit Stirnrunzeln.

„Er muss ein Kommunist sein? Wie kommen Sie denn auf die Idee?" fragte Wihtania das, was alle dachten.

Der Marschall Ustinow sah zu der Marschallin hoch. Die war nicht seine Untergebene. Leider. Und sie hatte den gleichen Dienstgrad wie er. Dazu noch seit viel längerer Zeit als er. Was beim Militär immer noch ausschlaggebend war. Befehle halfen da wenig.

Also ließ er sich zu einer Erklärung herbei. „Sie werden mir doch sicherlich zustimmen, liebe Genossinnen und Genossen, dass es eine gewaltige Leistung ist, einen solchen Mond zu erschaffen?"

Die Anwesenden nickten. Auch die, die keine Genossinnen und Genossen waren. In diesem Punkt waren sie mit dem Marschall einer Meinung.

„Unsere Gesellschaftswissenschaftler sind sich darin einig, dass eine Zivilisation, die eine solche Form der Raumfahrt betreibt, kommunistisch sein muss. Im Kommunismus gibt es keine Widersprüche mehr zwischen den Menschen. Eine so hoch technisierte Kultur, die so etwas, wie diesen Mond hervorbringt, muss also zwangsläufig kommunistisch sein."

Wihtania staunte immer wieder über die menschliche Fähigkeit, Realitäten den eigenen Wüschen und Vorstellungen anzupassen. Ohne diese Realitäten zu verändern. Einfach, indem man sie sich schönredete.

Der Marschall indes fuhr im Brustton tiefster Überzeugungen fort: „Da dieser Mond ein kommunistischer Mond ist und wir ein kommunistisches Land, noch dazu das erste unserer Welt, sind wir zwangläufig Verbündete."

Ort: Psyche, Washington, D.C.

„Wir sind Verbündete dieses Mondes?", fragte der Nationale Sicherheitsberater den Vorsitzenden der Vereinigten Stabschefs überrascht.

Der General nickte. „Keine Diktatur, erst recht keine kommunistische Diktatur, kann solche Kräfte entfalten, wie wir sie in diesem intelligenten Mond erkennen können."

„Sagt wer?", fragte Shuler. Der nicht verstehen konnte, wie der General so schnell Spezialisten unter den Menschen gefunden hatte, die sich bereits eine Meinung bilden konnten.

„Keiner kann wissen, wie dieses Wesen tickt", argumentierte Shuler deshalb. „Weil es keiner kennt."

„Das behaupten Sie?", hakte der Vorsitzende der Vereinigten Stabschefs nach.

„Nicht nur ich allein. Ich habe die besten Gesellschaftswissenschaftler unseres Landes zu diesem Problem befragen lassen", fing der Sicherheitsberater gerade an zu referieren.

Als er von dem General, der den Stabschefs vorstand, unterbrochen wurde: „Gesellschaftswissenschaftler?"

„Ökonomen, Soziologen, Politikwissenschaftler", zählte der Sicherberater auf, „ja sogar Psychologen haben wir dazu im Auftrag des Präsidenten befragt."

Er ignorierte, dass die Mienen der anwesenden Offiziere alle das gleiche ausdrückten: Der langweilt uns mit dem Gelabber von solchen akademischen Spinnern?

Shuler fuhr in seiner Erklärung fort: „Die Herren Professoren und Doktoren haben lange mit sich gerungen. Aber auf eine Sache konnten sie sich einigen: Eine solch gewaltige Leistung, wie die Erschaffung eines 3000 km großen Mondes, geht nur in einer freien, demokratischen und liberalen Welt."

„Das bedeutet, dass der Mond weiß, wer unsere Feinde sind. Und dass er sich mit uns gegen unsere Feinde verbünden wird", triumphierte der Oberste Stabschef.

Die anderen sahen das wohl ähnlich, denn ein Gemurmel der Anerkennung war die Antwort.

„Sie wollen ihn in unseren Kalten Krieg hineinziehen?", fragte Shuler überrascht.

„Wir werden ihn mit seiner Hilfe gewinnen. So, wie wir es von Anfang an geplant hatten", war sich der Oberste Stabschef absolut sicher.

„Eine Welt, die einen 3000 Kilometer großen Mond erschaffen kann, ist zuallererst friedlich. Der Mond wird sich weigern, uns bei irgendwelchen Kriegen zu helfen, General", erwiderte Shuler heftig.

„Sind Sie einer von diesen Hippies geworden Shuler", fragte der General. „Dann sind Sie für Ihre Aufgabe als Nationaler Sicherheitsberater nicht mehr geeignet."

„Das zu entscheiden, General, ist immer noch die Sache unseres Präsidenten", erwiderte Shuler.

Der US-Präsident hob darauf die Hand. „Meine Herren, wir werden weitere Apollo Kapseln nach oben schicken. Mit Leuten, die wir für diese Art der Weltraummission schon lange ausgesucht haben. Danach werden wir genaueres wissen."

Ort: Katarché

„Weißt du das genau?", fragte Buzz.

Das Abbild der Frau vor ihm lächelte. „Du weißt nicht, dass sie das von Anfang an vorhatten?"

„Sie wollten, dass wir zum Mond fliegen, um dann mit deiner Hilfe den Kalten Krieg gegen die Russen zu gewinnen?", verstand der Astronaut immer noch nicht.

„Auf eurer Welt herrscht Krieg", erklärte ihm Katarché. „Wenn auch noch kein weltweiter. Der würde jedoch sofort beginnen, wenn nur eine von beiden Seiten die Gewissheit hätte, ihn auch zu gewinnen."

„Damit es keinen Krieg mehr gibt, bin ich in Westpoint gewesen", erwiderte Buzz in jener Ehrlichkeit, die ihm erst Einlass in diesen Mond verschafft hatte.

„Ich weiß. Deswegen habe ich dich hier aufgenommen", war Katarché nicht weniger offen.

„Du hättest mich sonst sterben lassen?", fragte Buzz erstaunt.

„Nein. Ich hätte dich in deine Welt zurückgeschickt. Jemanden sterben zu lassen, widerspricht meiner Natur", erwiderte die holgrafische Frau vor ihm.

„Deine Natur ist von Grund auf friedlich? Wie geht das?"

„Es gibt auch in eurer Welt Menschen, die von Grund auf friedlich sind", erwiderte sie.

„Und daran gnadenlos scheitern", war er sich sicher.

„Ich habe ein paar Biografien für dich vorbereitet. Von Menschen, die du glaubst zu kennen. Befass dich damit. Danach wirst du sie wirklich kennen", forderte sie ihn auf.

„Ich soll irgendwelche Biografien lesen? Haben wir denn so viel Zeit, bis die nächsten Raumschiffe hier landen?"

„Es dauert nur ein paar Minuten."

„Aber mir wird es wie Stunden vorkommen?"

„Möglicherweise sogar wie Tage. Kommt darauf an, wie intensiv du dich damit beschäftigst."

„Wie macht ihr das eigentlich? Ich lerne hier so viel neue Dinge, die ich mir sofort merken kann. Und das geht ganz schnell", versuchte Buzz ein weiteres Rätsel zu lösen.

„Du lernst nur mit deinem Geist. Damit ist jede körperliche Ablenkung ausgeschlossen und somit geht es viel schneller."

Buzz sah auf seine Kameraden, die friedlich in ihren Sesseln saßen und komische Helme trugen. Er wies auf diese Helme. „Und ich kann das ohne diese Dinger? Warum?"

„Aus anatomischen Gründen. Ich hatte dir das bereits erklärt. Hast du es nicht verstanden?"

„Ich war am MIT. Die bilden keine Psychologen aus."

„Wenn du möchtest, kannst du auch dieses Wissen nachholen. Es ist nicht schwer und geht schnell."

„Erst mal die Biografien. Okay? Und dann werden wir sehen, wie sich unsere Neuankömmlinge benehmen werden."

Ort: Apollo 13

„Benehmt euch, Kameraden. Dieses Ding ist sehr mächtig. Wir wollen doch nicht, dass die Mission scheitert", sagte der Kommandant von Apollo 13 mit einem Lächeln.

„Keine Angst, Jim", erwiderte der Pilot der Landefähre, „wir werden genau so brav sein, wie die Jungs von Apollo 11 und Apollo 12."

Sein Navigator grinste, als er erklärte: „Wir wollen doch, dass uns die Schöne in ihren Schoß lässt. Ein 3000 Kilometer großes Raumschiff mit einem See in der Mitte, Bäumen, Blumen und Gras. Wer will das schon verpassen?"

„Apollo 13, hier Katarché, ihr habt ein Problem", klang es in diesem Moment über Funk.

„Was für ein Problem? Willst du uns nicht zu deiner Schönen lassen, Buzz?", fragte der Kommandant zurück.

„Euer Sauerstofftank ist defekt. Bitte unterlasst sämtliche Prozeduren, die für die Landung vorgesehen sind. Augenblicklich. Wir holen euch da raus."

„Ihr holt uns da raus? Was redest du da? Alle Kontrollen sind normal", funkte der Kommandant zurück.

„Noch. Ich bleibe dabei. Wir holen euch raus. Jetzt."

Noch ehe jemand etwas erwidern konnte, war die das Raumschiff Apollo 13 menschenleer.

„Das Sojus Raumschiff ist leer? Wie soll das gehen?", fragte Koroljow den vor ihm stehenden Dispatcher.

Der schluckte. Vor seinem Chef hatten so schon alle einen gewaltigen Schiss. Wenn alles normal lief. Seitdem der Genosse Ustinow die Idee hatte, Soldaten dort hoch zu schicken, und die auch umsetzte, lief nichts mehr normal.

„Das wissen wir auch nicht, Sergei Pawlowitsch", erwiderte der Dispatcher und wies auf den Bildschirm an seinem Arbeitsplatz.

Koroljow starrte auf den Bildschirm, auf dem das Signal aus dem Inneren von Sojus zu sehen war. Keine Besatzung.

Gerade war sie noch da.

Plötzlich erschien das lächelnde Gesicht von Bykowski auf dem Bildschirm. „Guten Morgen, Genosse Koroljow" grüßte er mit dem üblichen Respekt, den alle Kosmonauten vor dem Raketenkonstrukteur hatten. Noch größeren Respekt hatten sie vor seinem Temperament.

Das zeigte sich gerade. „Mein lieber Waleri Fjodorowitsch, können Sie mir sagen, wo unsere Kosmonauten geblieben sind?", fragte er mit jener ruhigen, leisen Schärfe in der Stimme, die sie noch viel mehr fürchteten, als sein Schreien.

„Sie sind wohlbehalten bei uns angekommen, Sergei Pawlowitsch", antwortete Bykowski und versuchte dabei, sowohl Zuversicht, als auch angemessene Zerknirschung in seine Stimme zu legen.

„Zeigen Sie sie mir", herrschte ihn Koroljow nur an.

Bykowski bewegte die Kamera so, dass die Besatzungs-mitglieder zu sehen waren.

„Ist alles in Ordnung mit euch, Genossen", fragte Ko-roljow, als er die drei Besatzungsmitglieder auf dem Kon-trollbildschirm erkennen konnte.

Ort: Katarché

„Es ist alles okay, Houston. Wir sind im Mond. Aber fragt uns nicht, wie wir da reingekommen sind. Wir waren plötzlich drin", versicherte der Kommandant von Apollo 13.

„Apollo 13 ist explodiert", hörte er einen verwirrten CAPCOM.

„Ja, ich weiß. Irgendetwas mit der Sauerstoffversor-gung. Aber Buzz hat uns rechtzeitig zu sich geholt. Wie ge-sagt, keine Ahnung, wie er das gemacht hat."

„Gibt es sonst Probleme?", fragte der CAPCOM, ohne zu sagen, worauf er wirklich hinauswollte.

Der Kommandeur von Apollo 13 hatte auch so verstan-den, was ihm der CAPCOM nicht gesagt hatte. „Es gibt keine Probleme. Wir werden die Mission so durchführen, wie wir sie geplant hatten", antwortete er.

„Alles klar", hörte er die Stimme vom CAPCOM, als würde der neben ihm im Inneren des Mondes sein. „Mel-dung erhalten. Viel Glück bei eurer Mission."

Ort: Psyche, Space Center, Houston, Texas

„Sie werden kein Glück mit ihrer Mission haben?", fragte der NASA Chef den Wissenschaftler.

Der Wissenschaftler schüttelte den Kopf. „Wir reden nicht hier, Sir. Wenn Sie in mein Büro kommen möchten, Sir? Und bitten Sie Dr. Paine dazu. Er soll sich das auch ansehen."

Es wurde etwas eng in dem Büro. Der Wissenschaftler wartete, bis die Herren aufmerksam zu ihm sahen.

„Wie Sie wissen, Gentlemen, wird die dritte Trägerstufe der Saturnrakete unmittelbar vor dem Mondorbit abgeworfen."

Auf ihr Nicken fuhr er fort: „Der Einschlag der Stufe auf dem Mond sollte einer Explosion von 7 bis 15 Tonnen TNT entsprechen. Wäre also leicht mit den seismischen Geräten auf der Mondoberfläche zu messen."

„Jetzt, wo Sie es sagen, fällt mir die Sache auch auf. Es gab aber keine", erinnerte sich der NASA Chef.

„Richtig, Mr. Webb. Deshalb hatten wir ja von Ihnen die Erlaubnis erbeten, Apollo 12 und 13 mit einer Pioneer Sonde zu begleiten. Wenn Sie sich bitte die Aufzeichnung ansehen möchten. Ich bin gerade mit den Auswertungen fertig geworden", erklärte der Wissenschaftler.

Man sah den Abwurf der dritten Stufe der Trägerrakete und wie dieses Modul auf dem Mond stürzte. Plötzlich war es verschwunden. Einfach so.

„Ist der Film defekt?", fragte der NASA-Chef.

„Das habe ich auch erst geglaubt. Aber die Übertragung ist vollkommen in Ordnung. Sie ging noch weit über den Zeitpunkt hinaus, indem tatsächlich einer der beiden Sauerstofftanks der Odyssey explodierte. Auch das hat der Mond gewusst und unsere Leute von dort evakuiert. Ich bin davon ausgegangen, dass es Sie interessiert, wie mächtig dieses außerirdische Wesen ist."

„Gute Arbeit, Dr. – äh", war sich der NASA-Chef nicht sicher, wie dieser ein wenig schüchterne Wissenschaftler doch gleich heiß. Eigentlich kannte er seine Leute. Aber der …?

„Dr. Hopkins, Dr. Harry Hopkins. Ich bin noch nicht lange dabei", erwiderte der sehr beflissen.

Aber Mr. Webb und sein designierter Nachfolger, Dr. Paine, waren schon auf dem Weg aus dem Büro.

Heftig diskutierend, wie sie diese Neuigkeit zu bewerten hatten. Und wie sie ihre militärischen Pläne beeinflussen würde. Natürlich war man darauf gefasst, weit entwickelter Technologie gegenüber zu stehen.

Aber diese Erkenntnisse zeigten, dass es vollkommen unmöglich war, diesen Mond mit den Waffen anzugreifen, über die die Militärs auf der Erde verfügten.

Dass warf fast all ihre taktischen und strategischen Pläne über den Haufen.

Dass der seltsame Dr. Harry Hopkins genauso schnell und rätselhaft aus seinem Büro verschwand, wie weiter oben die Raumfahrer im Mond, hätte die beiden Herren sicher noch viel mehr interessiert.

Aber da waren sie schon weg.

Ort: Katarché

„Du willst hier nicht weg?", fragte der Kommandant von Apollo 13 verwirrt.

„Das wirst du auch nicht wollen, wenn du dich erst eingelebt hast. Jedenfalls nicht sofort. Es gibt hier so viel zu lernen. So viel an Wissen, das ich mir noch aneignen möchte", erwiderte Buzz mit einem Feuer, das der Kollege von ihm nicht kannte.

Er fasste ihn an der Schulter, ging ein Stück mit ihm und fragte nach einer Weile flüsternd: „Und die Waffensysteme dieses Mondes? Hast du darüber schon etwas in Erfahrung gebracht?"

„Welche Waffensysteme?" Buzz sah ihn an, als spreche sein Kollege plötzlich in einer fremden Sprache.

„Hier muss es doch auch mächtige Waffensysteme geben. Phaserbänke, Photonentorpedos. Irgendwas. Die können das Ding doch nicht ins Weltall geschickt haben, ohne dass es sich gegen seine Feinde verteidigen kann."

„Natürlich kann es sich verteidigen. Mehr aber nicht. Aktive Waffen, die dem Angriff dienen, gibt es hier nicht."

„Wie kann es sich verteidigen? Mit Laserstrahlen? Was hat es für Waffen?", fragte der Kommandant von Apollo 13.

„Das wird dir Katarché selbst erklären", gab sich Buzz nun vollkommen unzulänglich und wandte sich von seinem Kollegen ab. Ohne dass der das im Eifer seines Wissensdurstes zu bemerken schien.

„Wirklich? Sie wird mir einfach so erzählen, welche militärischen Möglichkeiten sie hat?", fragte der überrascht. Denn nur das schien ihm wichtig zu sein.

Buzz sah ihn an, als könne er dieses Misstrauen nicht verstehen. „Natürlich wird sie das. Frag sie doch einfach."

Ort: Kephalis

„Sie wollen also wissen, was ich für Waffensysteme habe. Warum?", fragte die holografische Frau.

„Kannst du mit dem Ding meine Gedanken lesen?", stellte der Kosmonaut eine Gegenfrage. Und tippte sich dabei gegen den Helm, den er auf dem Kopf trug. Die trugen hier alle. Bis auf Bykowski.

„Nein. Ich kann so besser mit dir kommunizieren, wenn du diesen Helm trägst. Gedanken zu lesen, das ist unmöglich. Das sagte ich bereits" erwiderte die holografische Frau.

„Das sagtest du bereits", sagte der Kommandant, ohne das Misstrauen in seiner Stimme richtig verbergen zu können.

„Du glaubst mir nicht? Warum sollte ich lügen? Ich sagte auch, dass die Fähigkeit zu lügen nicht Teil meiner Inneren Struktur ist."

„Innere Struktur? Was ist denn das nun schon wieder?"

„Ihr würdet es vielleicht Charakter nennen. Ich weiß, dass Menschen die Lüge sogar für sehr wichtig halten."

„Die Fähigkeit, zu lügen, kittet unsere Gesellschaft zusammen", erklärte der Kommandant im Brustton der Überzeugung.

„Wirklich? Dann sollte ihr euch vielleicht einen anderen gesellschaftlichen Kitt suchen. Die Gesellschaft, der ich entstamme, wird nur durch die Wahrheit zusammengehalten. Und nicht durch die Lüge."

„Ihr lügt euch nicht an? Geht das?", konnte der Kommandant diesmal seine Überraschung nicht verbergen.

„Es geht sehr gut. Also, die Wahrheit bitte: Warum willst du Näheres zu meinen Waffensystemen wissen?"

„Kannst du dir vorstellen, dass man dich als Bedrohung sieht?", begann der Kommandant sich vorsichtig vorzutasten.

„Nein. Warum sollte man mich als Bedrohung sehen? Ich umkreise Psyche schon seit fast tausend Jahren und habe diese Welt noch nie bedroht."

„Aber du könntest es?", schlich er sich noch vorsichtiger näher an das heran, was er wissen wollte.

„Warum sollte ich das?"

„Jetzt antwortest du mit einer Gegenfrage. Könntest du Psyche bedrohen?", fragte er nun direkt.

„Ihr habt nichts, womit ihr euch gegen diese Bedrohung wehren könntet. Würdest du einen sehr viel schwächeren bedrohen?", fragte sie.

Der Kommandant war überrascht und musste eine Weile überlegen. „Kommt auf die Situation an, denke ich mal. Aber eigentlich nicht."

„Beantwortet das deine Frage?"

„Es ist nicht meine Frage. Die, die mich hochgeschickt haben, wollten so etwas wissen. Sie hätten dich gern als ihre Verbündete", entschuldigte er sich.

„Als Verbündete gegen wen?"

„Na gegen die Kapitalisten natürlich."

„Warum wollt ihr mich als Verbündete gegen die Kapitalisten? Ihr führt keinen Krieg gegen sie."

„Doch. Einen kalten. Einen ohne Waffen. Noch."

„Ich verstehe. Und wenn ihr Waffen hättet, die euch den Sieg sichern, würde der Kalte Krieg ein Heißer Krieg werden."

„Siehst du. In manchen Situationen muss man den Schwächeren angreifen. Bevor er zu stark wird."

„Weißt du, dass ein Amerikaner gerade dasselbe Gespräch mit meiner Schwester Katarché führt?"

Ort: Katarché

„Die Russen führen dasselbe Gespräch? Wir haben das geahnt. Sie sind nur auf den Mond geflogen, um dort Waffen zu finden. Wir müssen ihnen zuvorkommen. Sonst ist die freie Welt verloren", sagte der Kommandant von Apollo 13.

„Die freie Welt? Eure Welt ist die freie Welt? Warum?"

Der amerikanische Astronaut sah verblüfft auf die holografische Frau vor ihm. Die fragte ihn doch tatsächlich, ob die Vereinigten Staaten die freie Welt wären? Wer, wenn nicht sie?

Trotzdem musste er erst ein paar Momente überlegen, bevor er ihr antworten konnte: „Bei uns gibt es keine Unterdrückung des freien Willens, der Presse, der freien Meinungsäußerung, wie sie die Kommunisten in ihren Diktaturen gegen ihre Bürger einsetzen."

„Bei euch gibt es auch kein arm und reich?"

„Natürlich gibt es das. Es hat immer Menschen gegeben, die cleverer waren, als die anderen. Und damit auch reicher."

„Bei euch gibt es keine Unterschiede der Rassen?", schien Katarché eine innere Checkliste abzuarbeiten.

„Nein, die gibt es nicht. Wir hatten bereits vier schwarze Präsidenten und fünf Latinos. Das gefällt nicht allen meinen Mitbürgern. Das weiß ich. Aber die bilden nicht die Mehrheit", konnte man den Stolz in der Stimme des Astronauten nicht überhören.

„Und die Gleichheit der Geschlechter?", hakte Katarché den letzten Punkt auf ihrer Liste ab.

„Gleichheit der Geschlechter?", fragte der Astronaut. „Was soll denn das für ein Mist sein?"

„Warum habt ihr keine Frauen zum Mond geschickt?"

„Frauen zum Mond schicken? Frauen sollen ins Weltall fliegen? Interessante Idee. Aber leider nicht ausführbar."

„Warum?", verstand Katarché nicht.

„Weil Frauen Frauendinge tun. Reisen ins Weltall gehören nicht dazu", erwiderte der Astronaut entschieden.

Katarché schwieg. Eine ganze Weile.

„Meine Schwester und ich, wir haben eure Bitte erörtert und entschieden. Weder dein System, noch das der sogenannten Kommunisten hat die nötige Reife, über unser Wissen zu verfügen. Die Menschen, die bereits bei uns sind und dieses Wissen erwerben wollten, haben ihre Reife bewiesen. Alle anderen wurden bereits nach Psyche zurückgeschickt. Eure Regierungen müssen noch beweisen, dass sie die nötige Reife für eine Zusammenarbeit vorweisen können. Bis jetzt beweisen sie nur das Gegenteil. Sag ihnen das. Mehr gibt es dazu nicht auszuführen. Das Gespräch ist hiermit beendet.“

Noch ehe der Astronaut etwas erwidern konnte, war er verschwunden.

Um fluchend und staunend auf Psyche aufzutauchen.

Ort. Psyche, Sowjetunion, (geheimes) Labor Nr. 2

Die Flüche, die der Kosmonaut beim Auftauchen auf Psyche von sich gab, möchte der Chronist nicht übersetzen.

Auch wenn das Wort Mutter darin auftauchte. Sehr oft sogar. Es war einfach kein richtiges Russisch. Und der Chronist gab sich alle Mühe, es nicht zu verstehen.

Da der Kosmonaut aber so laut fluchte, hatten ihn seine Kameraden schnell gefunden.

Er fluchte immer noch, als sie ihn aus seinem Raumanzug schälten. Dann brachten sie ihn unverzüglich zum Genossen Chruschtschow.

8. Kapitel   Männer im Mond

Mache dir einen Kasten von Tannenholz und mache Kammern darin und verpiche ihn mit Pech innen und außen. Und mache ihn so: Dreihundert Ellen sei die Länge, fünfzig Ellen die Breite und dreißig Ellen die Höhe. Ein Fenster sollst du für den Kasten machen obenan, eine Elle groß. Die Tür sollst du mitten in seine Seite setzen. Und er soll drei Stockwerke haben, eines unten, das zweite in der Mitte, das dritte oben.

1 Moses 6, Vers 14 – 16, Altes Testament

Ort: Katarché

In der Mitte war ein See. So groß, dass man das Ufer am anderen Ende nur verschwommen sah. Buzz fand das erstaunlich. Immerhin befand er sich im Inneren eines Raumschiffes. Da sollte Platz Mangelware sein. Hier gab es ihn reichlich. Dafür hatte er noch nicht herausgefunden, welchen Antrieb dieses Ding benutzte.

Es gab zweifellos irgendeine Art von Antrieb. Denn er spürte die regelmäßigen, sehr leichten Korrekturen der Umlaufbahn, die Katarché vornahm.

Sein Hiersein hatte ihn verändert. Und diese Veränderungen hatten ihn einsam gemacht. Das Erschreckendste an seiner neuen Einsamkeit war jedoch, dass er die Gesellschaft der anderen überhaupt nicht vermisste. Denn er hatte Katarché. Und die war die ganze Zeit um ihn. Und in ihm drin.

Ort: Kephalis

„Aber wir sind doch in dir drin", formulierte Bykowski in Gedanken, „du hast uns reingelassen. Richtig?"

„Ihr seid ein Teil von mir", bestätigte Kephalis.

„Das meinst du damit? Die Menschen, die das Innere des Mondes betreten, werden ein Teil von dir?"

„Dafür wurde ich geschaffen", bestätigte Kephalis.

„Das heißt, die Menschen haben dich erbaut?", wollte es Bykowski genauer wissen.

„Ein Lebewesen meiner Größe kann man nicht bauen. Kein Lebewesen wird gebaut. Sie entstehen in einem Schöpfungsprozess. Du bist in einem Schöpfungsprozess entstanden."

Bykowski wollte sofort antworten. Überlegte dann aber genauer, wurde rot und schwieg noch eine ganze Weile.

Schließlich fand er den Mut, seine Gedanken fragen zu lassen: „Wer hatte denn Sex miteinander, um den Schöpfungsprozess einzuleiten, der dich entstehen ließ?"

„Ich habe viele Eltern. Sie alle haben Ideen zu meiner Entstehung geliefert und damit den Schöpfungsprozess eingeleitet", erklärte Kephalis.

„Das, was du meinst, nennt man Konstruieren. Oder Gruppensex", erklärte Bykowski lächelnd.

„Man kann Lebewesen nicht konstruieren", widersprachen ihm Kephalis´ Gedanken sofort. „Jede menschliche Konstruktion ist fehler- und mangelbehaftet und damit nicht in der Lage, zu überleben."

Ort: Katarché

„Was haben sie denn getan, damit du überleben kannst?", fragte Buzz misstrauisch.

„Sie haben mit Hilfe von Polymerase eine Matrize geschaffen. Und der die Möglichkeit gegeben, sich zu entwickeln. Sich lange zu entwickeln. Im Weltraum. Damit sie in der Lage ist, im Weltraum zu überleben. Das hat mehrere Menschenleben lang gedauert."

„Dann sind deine Eltern also schon lange gestorben? Das tut mir leid", erklärten die Gedanken des Astronauten.

„Nein. Meine Eltern leben noch."

„Die Aliens, die dich erschaffen haben, leben noch?", fragte der Astronaut verblüfft.

„Aliens? Du meinst, mich hätten Fremdlinge erschaffen? Warum bezeichnest du sie so? Dann bist du auch ein Fremdling", hörte Buzz das erste Mal so etwas wie Verwirrung aus den Gedanken seines Mondes heraus.

„Mit Aliens bezeichnen wir das Leben, das außerhalb Psyches existiert", erklärten seine Gedanken deshalb.

„Natürlich existiert Leben außerhalb Psyches. Deines zum Beispiel", kam prompt die Antwort.

„Logisch. Ich bin ein Raumfahrer", kam es ebenso prompt zurück.

„Ja. Wie ganz viele in deiner Familie vor dir", kamen Katarchés Gedanken in einer Art, die Buzz schon fast als zärtlich bezeichnen würde.

„Du musst dich irren", widersprachen seine Gedanken ihr deshalb so sanft, wie nur möglich. „Ich bin der erste in meiner Familie, der ins Weltall geflogen ist."

„Ihr Menschen vergesst sehr schnell, was die getan haben, die vor euch lebten", schien sie ihm vorzuwerfen.

Hörte da Buzz so etwas wie Spott heraus? „Die sind ganz bestimmt nicht ins Weltall geflogen", widersprach er heftig. „Ich wüsste das."

„Nein, du weißt das mit Sicherheit nicht", klangen ihre Gedanken nicht weniger heftig. „Er war der Kommandant. Mein Kommandant. Und der Befehlshaber aller Menschen, die ein Teil von mir waren. Er ist gestorben, weil er sie alle gerettet hat. Aber er wird immer ein Teil von mir bleiben."

Katarché Gedanken hatten wie ein Sturm in seinem Bewusstsein getobt. So heftig, dass er sich am Seeufer hinknien musste.

Er benötigte eine Weile, bis ihm die Leere in seinem Inneren bewusst wurde. Katarché war fort. Sie hatte ihn verlassen. Einfach so? Weil er nicht wusste, dass einer seiner Vorfahren dieses Raumschiff kommandiert hatte?

Denn Katarché war ein Raumschiff. Das war unzweifelhaft.

Ebenso unzweifelhaft war, dass Katarché eine Frau war. Eine sehr schöne Frau.

Und dass sie ihn liebte.

Oder wie sollte man bezeichnen, was zwischen ihnen war?

Ort: Kephalis

„Man bezeichnet das als mentale Kommunikation", erklärten Kephalis´ Gedanken.

„Du liest meine Gedanken?", fragte Bykowski misstrauisch. „Wenn du das kannst, darfst du niemals nach Psyche kommen. Die würden sofort aus dir rausquetschen, wie das geht. Wenn der KGB erst in der Lage ist, unsere Gedanken zu lesen, dann ist alles vorbei."

Nach einer Weile lächelte die Frau. Es dauerte wohl etwas, bis sie verstanden hatte, was er meinte.

„Ich kann dich beruhigen. Das Lesen von Gedanken ist unmöglich. Wir kommunizieren auf einem anderen Weg."

„Und warum höre ich dann deine Worte?"

„Deshalb kommunizieren nur wir beide auf diese Art. Dein Gehirn ist in der Lage, meine mentalen Impulse in die richtigen Worte zu übersetzen. Das können nicht alle Menschen sofort. Die meisten müssen es erst lernen."

„Kann ich dir Befehle erteilen?"

„Das hast du bereits."

„Warum hast du sie ausgeführt?"

„Sie waren ethisch vertretbar."

Nun musste Bykowski eine Weile nachdenken, bis er verstand, was sie meinte. „Deshalb hast du einen Teil des zweiten Landungsschiffes wieder nach Psyche geschickt? Sie hatten Dinge vor, die ethisch nicht vertretbar waren?"

„Das konnte man deutlich erkennen."

„Wie hast du das gemacht? Das Landungsschiff ist einfach wieder losgeflogen. Ohne, dass unsere Kosmonauten entsprechende Befehle erteilt hätten, und ohne, dass irgendjemand an Bord war."

„Eure sogenannten Raumschiffe sind niedrige Schöpfungen und deshalb leicht zu beeinflussen. Sie gehorchen mir."

„Sie gehorchen dir? Du hast mit ihnen gesprochen?"

„Auch deren Kommunikation ist primitiv. Noch aus der Urzeit der kybernetischen Schöpfung."

„Es ist das Beste, was unsere Wissenschaftler geschaffen haben", antworteten seine Gedanken etwas hilflos.

„Dann müssen sie noch viel lernen. Euer Raketenantrieb ist ein lächerlicher Versuch, sich im Minkowski Raum zu bewegen. Ineffektiv und ressourcenfressend."

„Minkowski? Ist das ein Landsmann von mir? Und was wollen wir in seinem Raum?", verstand Bykowski überhaupt nichts.

„Du verstehst mich nicht? Hast du keine Ahnung von Physik? Wieso bist du dann Raumschiffkommandant?", verstand diesmal Kephalis überhaupt nichts.

„Ich bin Kampfpilot. Das war das Hauptkriterium."

„Verstehe", kamen ihre Gedanken erst nach einer Weile, „die physischen Voraussetzungen für den Flug sind bei solchen Raketenschiffen wichtiger, als die intellektuellen."

„Soll das heißen, ich bin dumm?", war alles, was Bykowski verstand.

„Nein. Nur erschreckend ungebildet. Willst du lernen?"

Ort: Katarché

„Was soll ich denn lernen?" fragte Buzz misstrauisch. Katarché hatte wieder Kontakt zu ihm aufgenommen. Nach einer sehr langen Weile.

„Du sollst dir das Wissen aneignen, das dir hilft, mich besser zu verstehen", erwiderte Katarché.

Typisch Frau, dachte Buzz. Probleme entstehen nur dadurch, dass Mann sie nicht ausreichend versteht.

„Kann ich dich dann steuern?", fragte er. „Kann auch ich dein Kommandant sein?"

„Mich steuern? Ich bin ein lebendes Wesen mit vollem Bewusstsein. Du kannst mich um etwas bitten. Manche Bitte erfülle ich. Steuern kannst du nur den Urzeitschrott, den ihr gebaut habt."

Buzz krümmte sich unter der Wut, die er in ihren Gedanken spürte. Aber er hatte Erfahrung im Umgang mit schwierigen Frauen. Seit Kindestagen an.

„Entschuldige. Unsere Maschinen sind nicht so empfindlich, wie du es gerade bist", vermittelten seine Gedanken in gewollter Bosheit. Er wollte sehen, wie sehr sie sich provozieren ließ.

„Ich bin keine Maschine. Ich bin ein Lebewesen. Wie du", reagierte sie immer noch heftig.

„Du wurdest erschaffen. Von Menschen", kam es von ihm genau so heftig zurück.

„Du auch."

Buzz wollte widersprechen. Wurde dann rot und schwieg kurz. „Das kann man nicht miteinander vergleichen", widersprach er dann doch irgendwann.

„Methoden sind unerheblich. Es zählt das Ergebnis. Lebewesen, egal in welcher Form, müssen geachtet und geschützt werden. So lautet das Erste Gesetz aller Lebewesen."

„Das Erste Gesetz aller Lebewesen?", verstand Buzz nun mittlerweile gar nichts mehr.

„Die Menschen nennen es das „Innere Gesetz", weil sie es erst verinnerlichen müssen, um sich dann auch daran halten zu können. Für mich war es von Anfang an verbindlich."

„Du hast Waffen. Und du kannst ziemlich rabiat werden. Wenn dir jemand nicht passt, schmeißt du ihn vom Mond", erwiderte er heftig. Ohne zu merken, dass ein wundbarer Ehekrach entstanden war.

„Sie wollten meine Waffen nutzen, um gegen andere Menschen Krieg zu führen. Solche Versuche sind bereits im Ansatz zu verhindern", schrien ihre Gedanken zurück. Leider konnte man nicht mental mit Geschirr schmeißen.

Buzz spürte das plötzlich und schwieg eine Weile.

„Woher wusstest du das? Mit den Waffen?", fragte er dann misstrauisch. Sich dabei Mühe gebend, dass seine Gedanken weniger heftig waren. Ein bisschen fühlte er sich schuldig.

„Es war deutlich in ihnen zu erkennen", schaltete nun auch Katarché einen Gang runter.

„Auch ich bin wegen der Waffen hier", winkte er mit der Weißen Fahne, dabei die Angst unterdrückend, sie könne ihn wieder aus ihrem Inneren verbannen.

Sie schwieg eine Weile. Was seine Angst natürlich stärker werden ließ.

„So lautet der Auftrag deiner Chefs. Dein Innerer Auftrag ist reine Neugier", beruhigte sie ihn dann doch.

„Mein Innerer Auftrag?", verstand er nicht.

„Das, was du wirklich hier willst. Du suchst Wissen. Ich kann dir Wissen bieten. Aber ich warne dich so, wie ich die anderen gewarnt habe: Dieses Wissen wird dich verändern."

Hörte er da Angst in ihren Gedanken? „Es wird mich verändern? Wie?"

„Du wirst Dinge erfahren, die andere aus deiner Welt vielleicht nie erfahren werden. Die sie vielleicht nie erfahren wollen. Weil sie Angst davor haben. Angst vor der Wahrheit."

„Ich habe alles verstanden, was du mir bisher gesagt hast. Und auch das, was du nicht gesagt hast. Ich möchte noch mehr verstehen. Ich bin bereit zu lernen. Egal, wie lange es dauert."

„In ein paar Stunden wirst du wissen, was du wissen musst", beruhigte sie ihn.

„In ein paar Stunden schon? Gut. Fangen wir an."

Ort: Psyche, Washington, D.C., Weißes Haus

„Fangen wir endlich an, das Problem da oben zu lösen?", fragte der Vorsitzende der Stabschefs aufgebracht.

„Wollen Sie Atomraketen auf den Mond schießen?", vergewisserte sich der Nationale Sicherheitsberater.

Der General sah ihn böse an. „Ich bevorzuge Gewalt nur, wenn wir stärker sind. Das sind wir auf dem Mond genau so wenig, wie in Indochina."

„Außerdem haben wir noch unsere Leute da oben. Das ist nun definitiv bestätigt", stellte der NASA-Chef fest.

„Interessant, nicht wahr?", warf Schuler ein.

„Sie haben mal wieder eine Idee, Schuler?", fragte der CIA-Direktor bissig.

„Nur eine Theorie. Den Leuten ist nichts geschehen. Mal davon abgesehen, dass wir keine Ahnung haben, wie sie hier runtergekommen sind, leben sie und sind gesund."

Shuler sah, dass niemand mit dieser Friedfertigkeit des Mondes etwas anzufangen wusste. Also fuhr er fort: „Man wollte ihnen da oben also nichts Böses und ist mächtig genug, Weltraumreisen ohne Raumschiffe durchzuführen. Können alle soweit mitgehen?"

Die anderen Herren nickten nur.

„Warum durften die anderen dann bleiben?"

Ort.   Psyche, Sowjetunion, (geheimes) Labor Nr. 2

„Die anderen durften bleiben, weil sie keine Krieger sind", murmelte Koroljow nach einer langen Weile des Schweigens.

„Wie bitte, Sergei Pawlowitsch?", fragte Chruschtschow. Weil er glaubte, die Antwort nicht richtig verstanden zu haben. Denn das, was er verstanden hatte, war ungeheuerlich.

Koroljow sah seinen obersten Boss an. Räusperte sich und fand dann den Mut, zu erklären. „Ich kenne meine Leute. Schließlich habe ich sie für die Missionen ausgewählt. Mut und Risikobereitschaft sind wichtig. Noch wichtiger ist aber eine gesunde Vorsicht und das nötige Maß an Zurückhaltung. Das fehlte bei einigen. Bei allen, genauer gesagt, die zurückgeschickt wurden."

„Der Mond sucht sich seine Männer im Mond aus?", fragte Chruschtschow.

„Scheint so", schien sich Koroljow noch immer nicht sicher zu sein. Fand aber schnell zu seiner üblichen Überzeugungskraft, als er hinzufügte: „Vielleicht weiß er auch, was wir da oben suchen. Vielleicht will er uns auch nicht seine Waffen überlassen."

„Das wäre eine Katastrophe", platzte Marschall Ustinow heraus, ohne dass er bemerkte, wie er seinem Chef Chruschtschow dabei das Wort wegnahm. „Wenn der amerikanische Mond kooperationsbereiter ist, werden die uns überrennen, und es wird nichts geben, was wir Ihnen entgegenstellen können."

Chruschtschow schwieg dazu. Sein kurzes Nicken und die wütende Miene sagten aber genug.

„Sind die Amerikaner nicht zufälliger Weise auf dem Mond, der mit kyrillischen Buchstaben beschriftet ist?", fragte Koroljow nach. „Der, auf dem wir unbedingt landen wollten, da er ja der kommunistischere der beiden Monde sein müsste. Glauben Sie, Genosse Marschall, ein russisch beschrifteter Mond greift die Völker der Sowjetunion an?"

„Sie wagen es, so mit uns zu reden? Denken Sie, nur weil Sie gute Raketen bauen, seien Sie unersetzlich?", brüllte der Marschall zurück.

Darauf war erst einmal für kurze Zeit Ruhe. Koroljows Untergebene starrten entsetzt, aber auch wütend auf den Marschall. Es war deutlich zu sehen, dass sie ihren Chef für unersetzlich hielten.

Wihtania sah mit einem inneren Schmunzeln, dass auch Chruschtschow diese Meinung teilte. Aber die Ketzereien, die Koroljow eben von sich gegeben hatte, konnte er nicht einfach so stehen lassen. Bevor der Staatschef etwas sagte, was hinterher allen leidtun würde, griff sie in die Diskussion ein: „Wir können, so glaube ich aus gutem Grund, davon ausgehen, dass die beiden Monde Schwestern sind. Wenn wir keine Waffen bekommen, bekommen sie die Amerikaner auch nicht."

„Dieser Meinung bin ich auch", stimmte Koroljow sofort zu. „Was uns niemand nehmen kann, ist unsere erfolgreiche Reise zum Mond und die neuen Technologien, die wir dafür entwickelt haben."

Chruschtschow sah ihn böse an. „Ihnen war doch von Anfang das Ziel dieser Mission egal."

„Nein. Ich wollte, dass wir auf den Mond fliegen."

„Aber das Warum hat Sie nie interessiert."

„Das Warum ist nebensächlich, so lange wir es tun."

„Jetzt ist das Warum die Hauptsache", widersprach Chruschtschow heftig. „Wir haben Milliarden Rubel ausgegeben. Die unseren Armeen fehlen. Dafür wollten wir sie unschlagbar machen. Die Amerikaner haben bestimmt schon ihre Waffen. Und sie werden uns schlagen."

Ort: Psyche, Washington, D.C., Weißes Haus

„Die Russen werden uns schlagen. Das können wir nicht zulassen", unterbrach der US-Präsident die lebhafte Diskussion.

„Ich bin mir sicher, die haben die gleichen Probleme wie wir", widersprach Chef der NASA.

„Sie sind sich sicher?", verstand der US-Präsident nicht.

„Wir haben Bilder von Katarché und von Kephalis gemacht. Über unsere Sonden, aus unmittelbarer Nähe. Beide sind identisch. Und viel zu regelmäßig, um natürlichen Ursprungs zu sein. Die Raumschifftheorie scheint also zu stimmen. Zumal unsere Leute zum Teil in unserem Mond sind. Und dort drin leben und atmen und essen und trinken."

„Warum haben sie dann keinen Kontakt aufgenommen?", fragte der Präsident.

„Vielleicht durften sie das nicht", mutmaßte der General.

Er wollte gerade fortfahren, aber ein Beamter des Secret Service betrat das Oval Office. Er sah den Präsidenten an und sagte, als dieser nickte: „Wenn Sie bitte den Fernseher anstellen würden, Sir."

„Den Fernseher anstellen? Kommt etwas Besonderes?", erwiderte der US-Präsident verblüfft.

„Wir wurden darum gebeten, Sir. Von Katarché, Sir."

„Von Katarché? Soso. Dann sollten wir schleunigst tun, worum die Dame uns bittet. John? Wären Sie so nett?"

Der CIA Direktor, der dem Fernseher am nächsten stand, nickte und schaltete ihn ein.

Ort.   Psyche, Sowjetunion, (geheimes) Labor Nr. 2

Es war gar nicht so einfach, den Fernseher einzuschalten. Erst musste mal einer gesucht und gefunden werden. Außerdem ein Verlängerungskabel und eine Antennenschnur.

Fernsehgeräte gehörten nicht unbedingt zur Grundausstattung sowjetischer Besprechungszimmer.

Und ihre Röhren benötigten eine Weile, bevor sie warm genug waren, um ein Bild zu zeigen.

Ein weiß-graues Gekriesel.

Plötzlich erschien das Bild von Bykowski. Er sah sehr ernst aus. Aber nicht verängstigt.

„Guten Morgen, Walerie Fjodorowitsch", begrüßte ihn Chruschtschow frostig. „Schön, dass Sie sich melden."

„Wir haben eine Weile gebraucht, Genosse Vorsitzender", entschuldigte sich der Kosmonaut. „Hier auf dem Schiff wird anders gefunkt, als auf Psyche. Aber die Verbindung zu Psyche steht ja nun."

„Sind Sie allein?", fragte Chruschtschow.

„Im Moment, ja. Aber den anderen Kameraden geht es gut. Sie lassen grüßen."

„Sie lassen grüßen?", erreichte Chruschtschows Frostigkeit langsam sibirische Temperaturen.

Bykowski schien das zu überhören. „Es ist viel zu tun, Genosse Vorsitzender. Wir lernen viel. Und wir finden Antworten. Auf viele Fragen. Es ist furchtbar interessant", erwiderte er mit dem Eifer eines sehr guten Schülers.

„Mich interessiert nur Eines: Wie weit sind Sie mit dem eigentlichen Ziel Ihrer Mission, Genosse Bykowski?", hatte Chruschtschows Stimme nun nicht nur sibirische Temperaturen erreicht. Sie kündigte auch einen langen Aufenthalt Bykowskis in dieser Region an. Einen lebenslangen.

Aber Bykowski lächelte nur. „Das würde Ihnen Kephalis gern selbst erklären, Genosse Vorsitzender. Sozusagen von Chef zu Chef. Da sie hier das Sagen hat."

Schon war das Bild des Kosmonauten verschwunden und die übliche menschliche Gestalt des Mondes erschien. Diesmal im Fernseher.

Ihre Schönheit machte Chruschtschow noch wütender.

„Mit einer Maschine rede ich nicht", blaffte er.

„Sie reden ja nicht mit dem Fernsehapparat, Sie sprechen mit mir, Genosse Vorsitzender", beruhigte ihn der Mond. „Ich möchte Ihnen demonstrieren, dass ich inzwischen in der Lage bin, Ihre irdische Kommunikationsstruktur zu nutzen."

Chruschtschow wollte eigentlich etwas erwidern, schwieg aber und überlegte. „Wozu soll das gut sein?", fragte er dann misstrauisch.

„Ich möchte gern mit den Menschen auf Psyche kommunizieren. Ihnen erklären, wer ich bin, warum ich hier bin und warum sie auf Psyche sind."

„Warum sie auf Psyche sind? Sie wurden hier geboren."

„Richtig. Aber ihre Spezies stammt nicht aus dieser Welt. Der Schöpfer dieser Welt hatte Menschen nicht vorgesehen. Verständlicher Weise. Er wollte sich hier erholen."

„Er wollte sich hier erholen? Und hatte Menschen deshalb nicht vorgesehen? Ich glaube nicht, dass ich Ihrem Schöpfer begegnen möchte", hatte Chruschtschow allen diplomatischen Anstand, zu dem er sonst durchaus in der Lage war, vergessen, als er sie fast anschrie.

Wihtania fügte deshalb hinzu: „Wir stehen hier unten alle ziemlich unter Stress, Kephalis. Verzeih bitte dem Genossen Vorsitzenden, dass er im Moment nicht der hervorragende Diplomat ist, als den wir ihn alle kennen."

Chruschtschow verstand, was Wihtania auch ihm damit sagen wollte, und zwang sich zur Ruhe. Sein überschäumendes Temperament konnte er sonst so zielsicher einsetzen.

„Wenn Ihr Schöpfer keine Menschen mag", fragte er, als er sich beruhigt hatte, „wie kommt es dann, dass mehr als zwei Milliarden Menschen auf Psyche wohnen?"

„Das ist eine lange Geschichte."

„Es kann nur eine Lüge sein. Aber Lügen haben immer auch eine Kurzfassung. Erzählen Sie die Kurzfassung."

„Ich bin nicht zu einer Kommunikation in der Lage, die Sie Lüge nennen."

„Wie bitte?", verstand Chruschtschow nicht.

„Dort, wo ich erschaffen wurde, ist die Wahrheit ein hohes Gut. Das, was Sie Lüge nennen, kennt man dort nicht."

„Und diese Welt existiert noch?", konnte Chruschtschow seine Verblüffung nicht verbergen. „Sie sind nicht alle damit beschäftigt, sich gegenseitig die Köpfe einzuhauen?"

„Terra Nostra ist ein Ort des Friedens. Warum sollte das nicht so sein", hörte man aus der Stimme von Kephalis so etwas wie Verwunderung.

„Wenn man bei uns die Wahrheit sagt, wird man darauf hingewiesen, dass man nicht unersetzlich ist", platzte es aus Koroljow heraus, dem man vorher schon angesehen hatte, wie sehr ihm das Gespräch gefiel, dass Chruschtschow gezwungen war, mit dem Mond zu führen.

„Sie sind der Konstrukteur der Raketen?", fragte Kephalis.

„Der bin ich", erwiderte Koroljow.

„Dann sind Sie unersetzlich. Ihr Wissen und Ihre Fähigkeiten heben Sie weit über das hinaus, zu dem Ihre Zeitgenossen momentan in der Lage sind. Ihre Vorgesetzten sollten froh sein, dass Sie einen Koroljow in Ihren Reihen haben."

Chruschtschow war nicht froh darüber, welchen Weg das Gespräch nahm. Vor allem, als er sah, dass sich dieser ukrainische Konstrukteur ein Grinsen kaum verkneifen konnte. Mangelnde Unterordnung war der Beginn des Chaos. Und der Untergang des Sozialismus.

„Ich glaube, du hast uns allen ausreichend bewiesen, dass du nicht lügen kannst. Also bitte die Kurzform. Woher kommen die Menschen auf Psyche?", knurrte Chruschtschow.

„Die Menschen von Psyche entstammen einer Welt, die sich früher Erde nannte und weit von hier entfernt ist. Ein furchtbarer Krieg ließ die Menschen von der Erde fliehen. Ich habe sie evakuiert. Gemeinsam mit meiner Schwester Katarché."

Ort: Psyche, Washington, D.C., Weißes Haus

„Sie wurden auf diesem Mond durch das Weltall transportiert?", fragte der US-Präsident misstrauisch. „Wie sollen die Menschen das überlebt haben?"

„Sie wurden in dem Mond durch das Weltall transportiert. Der Schöpfer dieser Welt hat ihnen dann gestattet, sie zu besiedeln. So ist Ihre Zivilisation entstanden. Zuerst auf jenen Inseln, die Sie heute wieder als Vereinigte Staaten von Amerika bezeichnen. Und zum Teil auch in Asien, Europa und Afrika."

Man sah, dass der US-Präsident sofort widersprechen wollte, plötzlich nachdenklich wurde und schwieg.

„Ich habe davon gelesen", sagte er viele Gedanken später. „Einer unserer bekanntesten Journalisten hat eine Artikelserie darüber veröffentlicht. Ich hielt das Ganze für den größten Humbug, den ich je gelesen habe. Allerdings für politisch nützlichen Humbug."

„Sie waren der Meinung, für eine gerade erst entstandene Nation, wie die USA, wäre es nützlich, auf so alte Traditionen zurückschauen zu können", verstand Katarché.

Der US-Präsident nickte nur.

„Für die damalige „America-First-Politik" war es nützlich, sich als ältestes Besiedlungsgebiet Psyches auszugeben. Auch, wenn sie dem Verfasser dieses Artikels nicht glaubten. - Aber er hatte recht", erklärte Katarché.

„Das wollen Sie im Fernsehen erzählen?"

„Sehen Sie darin ein Problem?"

Der Präsident hob die Hände, als wolle er sich ergeben. „Unsere Fernsehsender sind privat. Die entscheiden selbst und ohne politische Einmischung, was sie senden. Ich würde ein Impeachment-Verfahren riskieren, würde ich denen in ihre Fernsehprogramme reinreden", antwortete er.

„Dann sind Sie also einverstanden?"

„Wie ich bereits sagte, so etwas habe ich nicht zu entscheiden. Aber das Interview mit einem Mond werden sie sich nicht entgehen lassen. Ob die amerikanischen Bürger Ihnen glauben, weiß ich nicht. Ich halte das Ganze für den hanebüchensten Buck-Rogers-Quatsch, den ich je gehört habe."

„Es freut mich, dass Sie mir gestatten, Ihre Fernsehsender zur Kommunikation zu nutzen."

„Nein, das gestatte ich nicht", rief Chruschtschow wutentbrannt. „Das Fernsehen der Sowjetunion ist ein staatliches Fernsehen. Solchen Schwachsinn zeigen die nicht."

„Warum gestattest du es nicht? Es ist die Wahrheit?", wunderte sich Kephalis.

„Manchmal ist es gut, dass das Volk die Wahrheit nicht kennt", blieb Chruschtschow stur.

„Haben Sie deshalb auf dem XX. Parteitag allen erzählt, wie es unter Wissarew wirklich war?"

„Das war etwas ganz anderes."

„Verstehe. Es war politisch opportun. Da es Sie an der Macht erhielt", verstand Kephalis.

„So kann man es sehen", gab Chruschtschow zu.

„Sie sind doch nur der Vorsitzende ihrer Partei. Oder irre ich da? Also werde ich mich an die anderen ZK-Mitglieder wenden. An den Genossen Breschnew zum Beispiel. Ich denke, der hat ein offenes Ohr für mich und meine Bitte."

„Der Genosse Breschnew? Den haben wir wieder hierhergeschickt. Nach Kasachstan. Damit er in Moskau keine Scheiße mehr baut", sah Chruschtschow die Frau im Fernsehapparat misstrauisch an.

„Meinen Sie mit Scheiße-bauen, dass er gegen Sie intrigiert? Dass er Atomraketen starten lässt und dabei einen neuen Putsch plant?"

„Der Genosse Breschnew plant wieder einen Putsch? Gegen mich?", war Chruschtschow ganz Misstrauen.

„Das macht er" bestätigte ihm Kephalis. „Sehr gründlich sogar. Die Vorbereitungen sind fast abgeschlossen."

„Was wissen Sie darüber?"

„Alles."

Chruschtschow drehte sich zu Koroljow um. „Gehen Sie raus und nehmen Sie Ihre Leute mit. Ihr Parteivorsitzender soll mir eine gesicherte Verbindung zu KGB-Chef Andropow machen und das Telefon hierherbringen. Ich will mit ihm reden."

Ort: Psyche, USA, New York, Rockefeller Center

„Wir werden heute mit den größten Komikern reden, die die Staaten im Moment zu bieten haben", sagte der Late-Night-Moderator, kaum dass seine Show begonnen hatte.

Er ließ dem Publikum ein wenig Zeit, um zu rätseln, und wies dann nach rechts. „Wie jeder großartige Komiker dieses Jahres kommt er direkt aus Washington, DC hierher. Ladies and Gentlemen, begrüßen Sie mit mir Ben Bradlee, Chefredakteur der „Washington Post" und seine besten Gag-Schreiber, Carl Bernstein und Bob Woodward."

Natürlich gab es donnernden Applaus. Die Meldung über die gefakte Mondlandung, die die drei gebracht hatten, war eine Weile der Mittelpunkt der öffentlichen Diskussionen.

Als sei das nicht genug, hatte die „Washington Post" an diesem Morgen eine neue Artikelserie begonnen, in der sie versprach, die wahren Hintergründe der Mondlandung zu veröffentlichen. Dabei war auch auf ihren heutigen möglichen Auftritt in der „Tonight-Show" bei der NBC hingewiesen worden. Wenn Johnny Carson damit einverstanden wäre.

Diese erwartet hohe Einschaltquote ließ sich der Sender natürlich nicht entgehen, warf sein geplantes Programm über den Haufen und lud die drei Journalisten ein. Johnny Carson war natürlich einverstanden.

Man sah seinem Gesicht an, wie er mental zu Messer und Gabel griff, um die drei genüsslich zu verspeisen.

Bob und Carl hatten deshalb die Klappe zu halten. Ben Bradlee würde sich dem Moderator stellen.

Ihn sprach Carson auch als ersten an: „Ben, Sie haben heute einen Artikel Ihrer beiden Komiker veröffentlichen lassen, in dem Sie behaupten, Sie wüssten alles über die Mondlandungen. Mehrere Mondlandungen? Auf welche krude Verschwörungstheorie können sich Ihre Leser diesmal freuen?"

„Nur auf die Wahrheit, Johnny. Wie immer bei Artikeln der Post", kam die ruhige Antwort des Chefredakteurs.

„Die Wahrheit? Die immer in der „Washington Post" steht? Etwa so eine Wahrheit, wie die über die gefakte Mondlandung?", fragte der Moderator zurück. Den es nicht stutzig machte, dass so ein gewiefter Journalist, wie Ben Bradlee, sich so eine Blöße zu geben schien.

„Bei dieser Sache sind wir keiner Fehlmeldung aufgesessen, Johnny, sondern eher einer guten Mischung aus Wahrheit und Lüge", war Bradlee immer noch ruhig.

182

„Wahrheit und Lüge?", fragte der Late-Night-Show-Moderator verblüfft. „Ich habe gehört, die ganze Story sei von vorn bis hinten erstunken und erlogen?"

„Die Mondlandung fand statt. Aber nicht so, wie sie im Fernsehen gezeigt wurde", begann Bradlee ruhig mit seiner Erklärung. „Die Entnahme von Bodenproben, das ganze wissenschaftliche Brimbamborium, das uns allen im Fernsehen angeblich live gezeigt wurde, hat so nie stattgefunden."

„Also doch wieder eine Verschwörungstheorie?", freute sich der Moderator darüber, dass alles so zu laufen schien, wie er es mit seinem Redaktionsstab geplant hatte.

„Keine Verschwörungstheorie, Johnny, sondern, wie versprochen, die Wahrheit. Die Ihre Zuschauer erfahren können, wenn Sie uns die Gelegenheit dazu geben."

„Diese Gelegenheit haben Sie, Ben. Nur zu. Blamieren Sie sich, wenn Sie das wirklich wollen. Aber ich warne Sie: Ganz Amerika schaut Ihnen zu", erklärte der Moderator, der sich wenigstens einen Anstrich von Fairness geben wollte.

Dabei hatte er in einem recht. Ganz Amerika sah inzwischen zu. Man benötigt keine Sozialen Medien, um einen Netzwerk-Hype auszulösen. Telefone genügen vollkommen. Die amerikanischen waren heiß gelaufen, weil sich alle unbedingt gegenseitig auf diese Sendung aufmerksam machen wollten. Am Ende lag die Einschaltquote bei über 100 %*.

---

* Ich weiß, das ist mathematisch unmöglich. Es lag aber an dem Algorithmus, mit dem die Quote gemessen wurde. Der sah nicht vor, dass sich wirklich alle Zuschauer nur eine einzige Sendung ansehen.

„Ich werde mich nur blamieren, Johnny, wenn man sich in unserem Land mit der Wahrheit blamieren kann. Aber das glaube ich nicht", begann Ben Bradlee ein wenig wie ein Politiker. Ein guter Chefredakteur muss das manchmal sein.

„Was hat denn auf dem Mond stattgefunden, wenn das ganze wissenschaftliche Brimbamborium nur ein Fake war?", wollte der Moderator auch persönlich gerne wissen.

„Das ist ganz einfach: Die Crew hat versucht, in den Mond einzusteigen, Johnny", erwiderte Bradlee, als rede er von einem Sonntagsspaziergang.

„Die Crew hat versucht, in den Mond einzusteigen?", hatte der Moderator Mühe, ernst zu bleiben. „Warum das?"

„Ganz einfach: Katarché ist ein Raumschiff", erwiderte Bradlee immer noch im Sonntags-Spaziergangs-Ton.

Im Studio herrschte Ruhe. Auch der Moderator sah den Chefredakteur an, als überlege er, ob es etwa nötig sei, den Rettungswagen zu rufen. Um eine Überweisung in eine gute Psychiatrische Anstalt vorzunehmen.

Aber er hatte sich schnell wieder gefangen. „Katarché ist ein Raumschiff?", fragte er. „Haben sich das Ihre beiden Schreiberlinge ausgedacht? Die sollten in Hollywood anfangen. Dort ist solcher Buck-Rogers-Scheiß total in."

„Es ist kein Buck-Rogers-Scheiß, sondern die Wahrheit", erwiderte der Chefredakteur mit der seiner Stellung angemessenen Ruhe. Und fuhr dann fort, als ginge es rein ums geschäftliche: „Sonst hätte ich das nicht drucken lassen. Alle Details dazu gibt es morgen sehr ausführlich in der „Post". Wir haben beschlossen, eine Sonderausgabe zu starten. Wir sind uns sicher, nach dieser Sendung will niemand etwas anderes lesen."

„Ich bin mir sicher, nach dieser Sendung wird die „Washington Post" einen anderen Chefredakteur haben", war alles, was der verblüffte Moderator dazu sagen konnte.

„Ich glaube nicht, dass man so auf unsere Veröffentlichung reagieren wird. Die Wahrheit hat einen hohen Stellenwert in diesem Land", entgegnete Bradlee fast weihevoll.

Der Moderator sah auf seinen Zettel. „Nachdem, was ich mir aufgeschrieben habe, ist Katarché weit über 1400 Meilen groß und wiegt … Hm, keine Ahnung, was das Ding wiegt, aber hier steht eine 14 mit 22 Nullen. Und es steht Pfund dahinter. Das scheinen mir sehr viele Pfunde zu sein. Für ein Raumschiff."

„Diese Zahlen sind veraltet. Das mit dem Raumschiff stimmt. Wir waren dort. Und wir können hier und jetzt und sofort beweisen, dass wir dort waren."

Der Moderator sah den Chefredakteur an, legte seine Hand auf dessen Arm und sagte in ungewohnter Sanftheit: „Ich kann verstehen, dass Sie das alles sehr mitgenommen hat, Ben. Ich denke, es ist für alle das Beste, wir brechen die Sendung hier ab. Meinen Sie nicht?"

Bradlee war noch viel sanfter als der Moderator, als er fragte: „Sie wollen mir also keine Chance geben, meine Aussage zu beweisen, Johnny?"

„Beweisen? Wie wollen Sie denn so etwas beweisen?", fragte der Moderator hilflos.

„Indem wir Katarché in diese Sendung einladen. Ich habe Sie gefragt. Sie würde gern kommen. Aber nur, wenn Sie von Ihnen eingeladen wird", war Bradlee noch immer die Ruhe und Sanftheit in Person.

„Katarché ist also eine Frau?", fragte Johnny Carson.

„Eine sehr schöne sogar. Möchten Sie sie nicht in Ihrer Sendung haben?", lockte der Chefredakteur.

„Ob ich eine schöne Frau in meine Sendung einladen möchte? Sie können Fragen stellen, Ben."

„Gut. Dann haben Sie den Mut und laden Sie Katarché in Ihre Sendung ein."

Der Moderator musterte den Chefredakteur eine ganze Weile. Dann schien er sich einen inneren Ruck zu geben.

Er stand auf und nahm eine theatralische Pose ein.

„Oh, Katarché, du riesiger Mond. Du bist ein Raumschiff und eine schöne Frau. Als schöne Frau würde ich dich sehr, sehr gern in meine Sendung einladen. Also, Katarché, sei eine Frau und komm zu uns."

Natürlich ließ sie sich nicht lange bitten und erschien ganz plötzlich im Studio. Die verblüffte Stille, die folgte, schien man förmlich greifen zu können.

Das Studio-Publikum reagierte als erstes mit donnerndem Applaus. Ohne, dass jemand eine Tafel hochhalten musste. Einem Applaus, dem sich die vier Männer vorne am Tisch anschlossen.

Carson aus Überraschung. Die drei von der „Washington Post" aus Freude, dass alles so geklappt hatte, wie sie es mit Fjölnir und Katarché abgesprochen hatten.

Die Sendung dauerte viel länger, als es alle geplant hatten. Und keiner der Zuschauer schaltete vorzeitig ab.

Intermezzo 4

So spricht GOTT, der Herr, zu diesen Gebeinen: Siehe, ich selbst bringe Geist in euch, dann werdet ihr lebendig. Ich gebe euch Sehnen, umgebe euch mit Fleisch und überziehe euch mit Haut; ich gebe Geist in euch, sodass ihr lebendig werdet. Dann werdet ihr erkennen, dass ich der HERR bin.

Hesekiel 37, Vers 5 und 6, Altes Testament, (Erde, ca. 1200 v.Chr.)

Ort: Akromytikas

„Du weißt, dass du dein Todesurteil unterzeichnet hast?", fragte der blauere der beiden Haie drohend.

„Ich? Was habe ich damit zu tun?", wehrte sich Aidoneus in scheinbarer Angst gegen die mentale Kraft, die mit dieser Drohung einherging.

„Fleisch", sagte der größere der Haie verächtlich. *„All das geht aufs Fleisch zurück. Es ist schwach und böse. Nur ein reiner Geist ist der wahre Zweck der Schöpfung."*

„Ist das der Grund, dass ihr die letzten Jahrtausende den körperlichen Teil eurer Existenz immer mehr vernachlässigt habt?", wollte Aidoneus wissen.

„Er ist unwichtig, unerheblich und störend", kamen grollend die Gedanken aus beiden Haien.

„Die Natur kennt keinen Geist ohne Materie und keine Materie ohne Geist", kicherte Aidoneus.

„*Du wagst es, so mit uns zu reden?*", erboste sich der größere der beiden Haie.

„*Höre ich da aus dir die Verzweiflung vor dem nahen Tod? Das ist verständlich. Das Fleisch war schon immer schwach*", erklärte verächtlich der blauere der beiden Haie.

„*Euer Fleisch ist schwach. Genauso schwach, wie eure Macht. Wie wollt ihr euer Todesurteil gegen mich vollstrecken? Habt ihr schon irgendeine Idee?*", war diesmal echtes Interesse aus den Gedanken von Aidoneus vernehmbar.

„*Irgendeine Idee?*", echoten beide Haie und versuchten, dabei immer größer zu werden. „*Wir werden die Seele aus deinem Körper ziehen. Dann wird das gleiche mit den Bewohnern dieser Welt geschehen, die den blasphemischen Namen Psyche trägt. Das Universum wird ein besseres sein danach.*"

Aidoneus sah, wie die bei Selachii versuchten, ihre Worte in die Tat umzusetzen.

Aber er spürte nichts dabei.

Ort: Psyche, Terra Caelica

„*Spürst du es?*", fragte die Hai-Mutter.

il caskar schwieg eine Weile. Dann schüttelte er den Kopf. „*Das war alles?*", fragte er. „*Jeder Grundschüler könnte sie besiegen. Die mächtigen Selachii haben fast all ihre göttliche Macht verloren.*"

„*Merk dir das für dein zukünftiges Berufsleben als Gott des Todes. Körper und Geist müssen eine Einheit bilden. Man darf das eine nicht für das andere vernachlässigen.*"

„*Das habe ich schon in der Grundschule gelernt.*"

„Nein. Richtig gelernt hast du erst auf Psyche", hörte il caskar hinter sich einen fröhlichen Takhtusho.

Er drehte sich um. „Ich denke, ihr schirmt uns gegen die Selachii ab? Während du wie immer isst."

„Das müssen wir nicht mehr. Megalodon ist gestorben. Die anderen Selachii werden es irgendwann bemerken. Und auch das Chaos entdecken, das Megalodon in Selachii hinterlassen hat. Ich wünsche denen viel Spaß beim Aufräumen."

„Mütterlicherseits ist es auch eure Welt", konnte sich il caskar eine kleine Stänkerei nicht verkneifen."

„Wir werden beim Aufräumen helfen", versicherte Bcoto. „Aber erst, wenn in Psyche Ordnung herrscht."

„Dann müsst ihr euch beeilen", drängelte ihre Mutter. „Die ersten Raumflotten sind bereits hierher unterwegs."

Ort: ENYO, Hauptquartier, Generalstab

„Die Romulaner sind bereits unterwegs", wagte der General in dem blauen Anzug seiner Oberbefehlshaberin einen Hinweis zu geben. Seinem Blick war deutlich anzusehen, wie sehr er sie verachtete.

Aber er bekam einen ebenso verächtlichen Blick zurück. „Sie sind unterwegs? Bist du dir sicher, dass deine Informationen korrekt sind?", fragte sie in einem Tonfall, den manche Erwachsene für kleine Kinder haben, wenn die eine Dummheit von sich geben.

Ihr Anzug glänzte in einem so strahlenden Gold, dass man kaum zu ihr hinsehen konnte.

Er wendete seinen Blick jedoch nur ab, um ihr seine Wut zu verbergen. Denn Wut bedeutete Schwäche.

Einen kurzen Augenblick später hatte er die Ruhe, ihr zu antworten: „Meine Informationen? Ich spüre sie. Deshalb weiß ich, dass sie gestartet sind."

Ihr verächtliches Lächeln war verschwunden. Ihr Gesicht, dass von einer göttlichen Schönheit war, wurde durch das Lächeln entstellt, das sie zeigte. „Du liebst ihn immer noch? Nach so langer Zeit? Ist dir immer noch nicht klar, dass er nur auf Frauen steht?"

Sie spürte, gleich hatte sie ihn soweit. Ein wenig musste sie noch nachlegen. „Wie erbärmlich. Gefühle für dieses Menschlein. Reichen dir ihre Siege gegen dich nicht?"

„Meine Niederlagen haben ENYO erst zu dem gemacht, was es jetzt ist. Ich bin jederzeit in der Lage, eine Niederlage in einen Sieg zu verwandeln. Im Gegensatz zu dir, kann ich verlieren."

„Du kannst verlieren? Du hast verloren und du wirst verlieren. Immer. Selbst dein Vollbürgertum hast du verloren."

„Was interessiert mich das? Meine Fähigkeiten konnten sie mir nicht nehmen. Ich habe sie noch erweitert und bin stärker, als ich es jemals war", verteidigte er sich.

„Auch so stark wie ich?", fragte sie und kam so nah an ihn heran, dass sie sich fast berührten. „Nein. So stark wie ich wirst du niemals sein. Denn, im Gegensatz zu dir, bin ich eine echte Göttin."

Die Wut, die er nun als entfesselte mentale Kraft durch den Raum fegen ließ, war so gewaltig, dass sie sogar durch die Wände drang.

Sie wurde gierig aufgesogen. Von den 12 Oberbefehlshabern von ENYO, die draußen warteten.

Ort: *Romulus*

Die Raumflotte bestand bisher nur aus 12 Schiffen.

Das dreizehnte Schiff war neu.

In seiner Mitte befand sich ein kleiner See. Fast kreisrund und nicht mehr als fünfhundert Meter im Durchmesser.

Bequeme Stühle standen an seinem Ufer. Menschen saßen darauf.

Männer und Frauen. Sie berieten über den gemeinsamen Oberbefehl der Romulanischen Flotte. Und konnten sich auf keinen Kommandanten einigen.

Richard Rath stand abseits und diskutierte nicht mit.

Witte näherte sich ihm mit einem Lächeln.

„Du hast nicht den Oberbefehl über das Schiff der Terra Germanorum?", fragte er.

„Du kommandierst doch auch nicht euer Schiff."

„Die jüngeren sollen mal ran."

„Richtig. Dieser Krieg ist ihr Krieg. Möge er einen möglichst unblutigen Verlauf nehmen."

„Typisch Richard Rath. Er hasst Blutvergießen."

„Mir ist das Leben lieber, als der Tot."

„Richard Renatus hat viel Macht auf sich vereint. Wirst du dich ihm anschließen?", wollte Witte wissen.

„Das könnte dir so passen. Damit du Romulus wieder für dich allein hast? Ich bleibe hier und bin den Germanen ab und an mit einem Rat von Nutzen", erwiderte der spöttisch.

„Indem du die römische Armee bei Manövern schlägst?"

„Das ist halt so eine kleine Angewohnheit von mir. Die werde ich nicht ablegen", war Richard Rath noch immer voller Spott.

„Da bin ich aber froh. Was wäre die römische Armee ohne den Furor Teutonicus."

„Sie wäre nicht halb so gut."

„Warten wir weiter, bis die sich geeinigt haben?"

„So lange? Wie wäre es mit einer RaumZeitReise? Ich habe gehört, du hast noch tolle Appartements in deinem ehemaligen Schloss in Sankt Petersburg auf Psyche?", fragte Richard Rath.

„Es ist jetzt ein 5-Sterne-Hotel, direkt an der Moika."

„Die Appartements sind ganz oben?"

„Ganz oben. Mit Blick auf die Eremitage."

„Gut. Also dann: Auf nach Psyche. Sehen wir uns die Sache von ganz oben an."

Ort: **Akromytikas**

„Ich wollte mir die Sache eigentlich von hier oben ansehen", maulte Aidoneus.

„Du kneifst?", fragte Richard Renatus überrascht.

„Naja. Ich habe jetzt so einen tollen Körper. Dem könnte im Kampfgetümmel etwas geschehen."

„Ihm kann nichts geschehen. Immerhin habe ich seinen Besitzer im Kämpfen ausgebildet."

„Aber ich war nie so gut wie du."

„Niemand ist so gut wie ich. Gegen mich sollst du aber nicht kämpfen. Und mit den anderen wirst du spielend fertig. Wer sich von Kowalski besiegen lässt, ohne dass der das merkt, besiegt jeden."

„Geht's denn schon los?", fragte Aidoneus.

„Die Monde haben mit der Bevölkerung von Psyche gesprochen: Übers Fernsehen. Einschaltquote: 100 %. Das hat gewaltige Gärungen hervorgerufen. Sowohl bei den Ewig-Gestrigen, als auch bei denen, die denken, dass sie nur das Beste für Psyche wollen."

„Und du willst immer noch das Selbstbestimmungsrecht der Völker?", fragte Aidoneus misstrauisch.

„Nein. Ich will das Selbstbestimmungsrecht der Menschen. Auf Terra Nostra gibt es das bereits. Hier wird es noch ein Weilchen dauern. Aber ich bin optimistisch."

„Stimmt. Diese Schwäche hast du."

Ort: ENYO, Hauptquartier, Generalstab

„Deine Schwäche ist meine Stärke, Bruderherz. Hast du das immer noch nicht verstanden?", flüsterte sie mit einer Zärtlichkeit in sein Ohr, auf die er schon lange nicht mehr hereinfiel.

„Deswegen brauchst du mich. Und aus diesem Grund lässt du mich auch am Leben", zischte er zurück.

„Wie sollte ich das nicht?", kam es von ihr mit einem Erstaunen, dass ihn ebenfalls schon lange nicht mehr täuschte. „Du bist der einzige Mann, den ich jemals geliebt habe. Den ich immer noch liebe. Ist dir das nicht gerade wieder bewusst geworden?"

Er sah an sich hinab.

Sie spürte, dass er sich schämte. Seiner Nacktheit wegen. Und der Dinge wegen, die gerade geschehen waren.

Sie hatte nur Verachtung dafür.

„Zieh dich wieder an. Ich möchte gern unsere Oberbefehlshaber hereinlassen, um das weitere Vorgehen abzusprechen. Wenn sie dich so sehen, werden sie jede Lust verlieren, in die Schlacht zu ziehen."

„Die? Ihre Lust verlieren, in die Schlacht zu ziehen?", fragte er verächtlich, während er sich gehorsam anzog. „Sie beziehen ihre Stärke aus unseren permanenten Streitereien. Weil du das so willst."

„Natürlich will ich das. ENYO ist meine Welt. Deine Unfähigkeit bezieht sich schließlich auf jede Art der Schöpfung. Aber weil ich eine gute Schwester bin, lasse ich dich hier leben."

„Er hat mir angeboten, auf Romulus zu leben", antwortete er wie nebenbei, dabei aber aufmerksam lauernd, wie sie reagierte.

Sie zuckte nur die Schultern. „Die ganze Zeit in seiner Welt? Es würde dich innerlich auffressen."

„Verstehe. Du hast überhaupt keine Angst, dass ich dich irgendwann verlasse", kommentierte er, während er seine Uniform schloss.

„Ist die Welt nicht herrlich, so wie sie ist? Alles spielt uns in die Karten. Die Ignoranz der Selachii und die ewige Friedenssehnsucht von Richard Renatus. Wir werden beiden zeigen, dass der Weg, den ENYO geht, der einzig richtige ist."

9. Kapitel   TaH pagh taHbe'*

Und wenn die inneren und äußeren, dem Sozialismus feindlichen Kräfte die Entwicklung irgendeines sozialistischen Landes auf die Restauration der kapitalistischen Ordnung zu wenden versuchen, wenn eine Gefahr für den Sozialismus in diesem Land, eine Gefahr für die Sicherheit der gesamten sozialistischen Staatengemeinschaft entsteht, ist das nicht nur ein Problem des betreffenden Landes. (Breschnew Doktrin)

L. I. Breschnew, 12.11.1968 (Prawda, Erde, 13.11.1968)

Ort: Psyche, Berlin, Hauptstadt der DDR

Die heftigsten Sonnenstürme, die dieses Sonnensystem bisher erlebt hatte, tobten über Psyche. Megalodon starb. Versuchte jedoch im Todeskampf, Psyche doch noch in einen Nuklearkrieg zu verwickeln.

Außerdem hatten die Sonnenwinde einen weiteren (von Megalodon gewollten) Nebeneffekt. Sie störten den Fernsehempfang. Denn auf Psyche gab es, ob im Osten oder im Westen, nur noch ein Thema: Die Psychaner waren Außerirdische.

---

* klingonisch: Sein oder Nichtsein (weil man Shakespeare nur dann richtig verstehen kann, wenn man ihn im klingonischen Original gelesen hat)

Einst mit riesigen Raumschiffen hierhergekommen, die jetzt als Monde ihre Welt umkreisen, hatten sie Psyche besiedelt. Die Monde hatten das gerade live im Fernsehen berichtet.

Auch im DDR-Fernsehen. Wo die Verantwortungsträger verzweifelt versucht hatten, die Monde am Senden in „ihrem Fernsehprogramm" zu hindern. Ohne Erfolg.

In Amerika und den westlichen Staaten hielt man Nachrichten aus dem Fernsehen grundsätzlich für glaubwürdig. In der sozialistischen Welt eher nicht. Solche Nachrichten hingegen, wie sie Kephalis verbreitet hatte, glaubte man. Zumal die Mächtigen nichts dagegen unternehmen konnten.

Auch nicht, als die Monde anboten, man könne jederzeit in die Terra Nostra, also ihre ehemalige Heimatwelt, zurückreisen. Einfach so. Ohne Raumschiffe. Ohne Ausbildung zum Raumfahrer. Und, was das Tollste war, ohne dafür bezahlen zu müssen. Überall auf der Welt Psyche würden die Monde Portale errichten, die diese Reisen möglich machten. Das Ostberliner Portal stand auf dem Alex. (Wo auch sonst?)

Vor dem Portal hatte sich ein riesiger Menschenauflauf gebildet, der ein paar Meter vor dem Eingang ins Portal aufhörte. Es hatte noch kein DDR-Bürger gewagt, das Portal zu betreten.

Die Soldaten und Offiziere der NVA, die die Aufgabe hatten, das Portal abzusichern und so die „Republikflucht" zu verhindern, waren verschwunden. Auf spektakuläre Weise. Kephalis hatte sie 3-mal zum Gehen aufgefordert. Ohne, dass die darauf reagierten. Dann hatten sie sich einfach in Luft aufgelöst. Unter dem donnernden Applaus der Zuschauer.

Deshalb war die Menge nun durchsetzt von Genossen des Ministeriums für Staatssicherheit in Zivil. Volkspolizisten sollten für Ordnung sorgen. Das mussten sie aber nicht. Das tat die Menge selbst. Sie waren ruhig und es warteten alle auf den ersten Mutigen, der das Portal betreten würde.

Nicht weit vom Alex entfernt, in ihrem Gebäude am Marx-Engels-Platz, tagte das Politbüro des ZK der SED. Lautstark und kontrovers. Auch das gab es vorher nicht.

Der Genossen Tyzca, Erster Sekretär des ZK der SED, Vorsitzender des Staatsrates und des Verteidigungsrates (mehr Macht auf eine Person ging nun wirklich nicht), saß an seinem Platz an der Stirnseite des riesigen Tisches und spürte, wie ihm alles entglitt.

Die Kontrolle über die aktuelle Situation, über die Macht in seiner Partei und über die Führung der Versammlung. Es gab sogar Stimmen, die für seine Abwahl plädierten. Hier, in diesem Hause! So, als sei er gar nicht anwesend!

Tyzca versuchte vergeblich, sich Gehör zu verschaffen. Ruhiger wurde es erst, als ein Mann den Raum betrat. Er trug die Uniform der Volkspolizei, war, seinen Schulterklappen nach, ein Oberst, und ging zum Genossen Dickel, seinem Minister.

Die beiden sprachen kurz miteinander. Dann versuchte der Minister, sich Aufmerksamkeit zu verschaffen. Nach und nach verstummten die Gespräche.

Dickel, in der vollen Pracht seiner Uniform als Generaloberst der Volkspolizei, wies auf den Oberst neben sich und sagte: „Der Genosse Oberst Schmittchen hat Neuigkeiten vom Alex. Wichtige Neuigkeiten, Genossen. Ich bitte darum, ihm das Wort zu erteilen."

Tyzca, an den die Bitte gerichtet war, nickte nur.

„Ich muss Ihnen melden, dass das Tor am Alexanderplatz von Bürgern der DDR betreten wurde", sagte der Oberst in einer Schlichtheit, die dieser Meldung keineswegs angemessen war. Die Portale machten die neuen Grenzanlagen nutzlos.

Auch deshalb herrschte nach dieser Meldung betretenes Schweigen. Die anwesenden Genossen (Frauen gab es im Politbüro keine) sahen zu Tyzca.

„Das Tor betreten? Was heißt das?", fragte der.

„Das heißt, dass sie dort rein gehen und dann weg sind."

„Weg?", verstand Tyzca nicht.

„Sie gehen da rein und sind dann verschwunden", erwiderte Schmittchen, wieder in der ihm eigenen Schlichtheit.

„Ich habe mir das Portal heute Morgen angesehen", sagte Honecker, der im ZK für Sicherheitsfragen zuständig war. „Es ist ein Bogen, in dem man ein Flimmern sehen kann. Von beiden Seiten. Mehr nicht."

„Wie einige mutige DDR-Bürger soeben herausgefunden haben, kann man dieses Tor von beiden Seiten betreten", schnarrte Oberst Schmittchen, dem nicht anzumerken war, wie sehr er die Situation genoss.

„Wenn die dann weg sind, muss man die doch als Republikflüchtlinge betrachten?", hörte man den Genossen Mittag laut denken.

Ein paar andere Genossen nickten zustimmend und der Genosse Mittag haute mit der Faust auf den Tisch: „Ich hatte vorgeschlagen, dass wir diese Tore in der ganzen Republik weiträumig absperren. Aber die Nationale Volksarmee ist machtlos dagegen und die Genossen der Volkspolizei sehen sich dazu nicht in der Lage."

„Wie du sicher weißt, haben wir es versucht", verteidigte sich Dickel, der nicht nur Polizeigeneraloberst, sondern auch Innenminister war. „Aber eine Absperrung, auch weiträumig, war nicht möglich. Es gibt da oben eine Macht, die ist stärker, als die Volkspolizei."

Alle wussten, dass er nicht Gott meinte.

Sondern Kephalis. Allerding verringerte dieses Wissen ihre momentane Hilflosigkeit nicht. Ganz im Gegenteil, es hob sie noch deutlicher hervor.

„Wir hätten das alles nicht zulassen dürfen. Die Fernsehübertragung, die Portale. Warum haben wir unsere Grenzen gegen den Kapitalismus gesichert, wenn nun jeder, der das will, unser Land verlassen kann", jammerte Tyzca.

„Wir haben das zugelassen?", kam es sofort von Honecker böse zurück. „Viele von uns waren dagegen. Du hast gesagt, der Mond würde im Fernsehen den Sieg des Kommunismus verkünden. Du hättest sichere Informationen aus Moskau dazu. Von Chruschtschow."

„Die hatte ich auch …", begann Tyzca kleinlaut.

Wurde aber vom Genossen Mittag sofort unterbrochen. „Wir haben auch welche. Die KPdSU hat sich eine neue Führung gegeben. Chruschtschow wurde abgewählt. Der Genosse Breschnew hat jetzt den Vorsitz. Und er hat uns ermutigt, diesen Schritt auch in der DDR zu gehen. Um dann hinterher besser aufräumen zu können."

„Wir sollten abstimmen, liebe Genossen, ob wir das Rücktrittsgesuch des Genossen Tyzca annehmen", sagte Honecker in die Runde.

Ort: Psyche, Moskau, Kreml

„Der Genosse Chruschtschow ist zurückgetreten?",
fragte Marschall Schukow überrascht. „Das ist mir neu."

il caskar grinste.

„Maskirowka, Genosse Marschall", antwortete er.
„Macht heißt auch immer, Informationen kontrollieren zu
können. Der Genosse Breschnew befindet sich auf dem
Weg nach Moskau. In einem Militärflugzeug. Unter Bewa-
chung des SMERSch. Der Genosse Tainow kommandiert
die Eskorte. Wie haben andere Probleme."

„Sind wir deswegen auf dem Weg zu Chruschtschow?",
fragte Schukow.

„Deswegen", erwiderte il caskar und reichte dem Verteidigungsminister ein Blatt im Din A4 Format.

Der las es und sah il caskar dann an.

„Sonnenwinde?", verstand er nicht.

„Eruptionen von unserer Sonne. Sie zeigt eine unge-
wohnt heftige Reaktion auf verschiedene kosmische Ereignisse."

„Ist das problematisch?", verstand er immer noch nicht.

„Es kann uns in einen Nuklearkrieg stürzen", antwortete il caskar schlicht.

„Das verstehe ich nicht."

„Entweder der Gegner hält die Auswirkungen dieser
Sonnenwinde für einen Angriff unsererseits per EMP. O-
der er interpretiert das Chaos auf seinen Radarschirmen als

bereits erfolgter Angriff mit Nuklearraketen. Suchen Sie sich aus, was von beiden besser ist", bot il caskar an.

„Nichts natürlich", erwiderte Marschall Schukow barsch. „Die sollen ihre Waffen im Zaum halten, dann halten wir unsere auch im Zaum. Vier Jahre war Ruhe. Warum soll die plötzlich vorbei sein?"

„Weil Katarché und Kephalis die Wahrheit gesagt haben. Eine Wahrheit, die weder auf unserer Seite, noch auf westlicher Seite allen passt", erklärte il caskar.

„Verstehe. Und da will man die kosmische Strahlung nutzen, um noch schnell einen Atomkrieg anzufangen, bevor das endgültig unmöglich ist." Das verstand sogar der Marschall.

il caskar nickte. „Wenn schon Untergang, dann einen, bei dem man so viele Feinde mitnimmt, wie möglich. Das eigentliche Problem dabei ist, man kann diese Sonnenwinde missverstehen und die falschen Schlussfolgerungen ziehen."

Ort: Psyche, Serpuchow, südlich von Moskau

„Wir ziehen die richtigen Schlussfolgerungen, Genosse Marschall", beruhigte Petrow seinen Verteidigungsminister am anderen Ende der gesicherten Telefonverbindung.

Petrow sah auf die Monitore der Radargeräte. Da war die Hölle los.

Er sah auf seine Leute. Die waren die Ruhe in Person.

Er hatte sie gut geschult, seit dem Zwischenfall mit dem unerlaubten Raketenstart. Sie konnten alle Daten, die hier eingingen, inzwischen genauso gut interpretieren, wie er selbst.

Blieben noch die Amerikaner. Hoffentlich waren die so ruhig und gut geschult, wie seine Leute. Nicht, dass die plötzlich ihre Nuklearwaffen starten ließen.

Ort: **Psyche, Washington, D.C.,**
White House Situation Room

„Sir, die Nuklearbomber warten immer noch auf Ihre Starterlaubnis", klang die Stimme aus dem Lautsprecher.

„Sie sollen sich gedulden. Ich muss es auch", knurrte der US-Präsident. Dann fragte er: „Haben wir definitiv Beweise, dass ein EMP-Angriff durch die Russen erfolgt ist, General?"

„Alle Kommunikationsverbindungen sind ausgefallen. Wir können keine Raketen starten, unsere strategischen U-Boote antworten nicht, die Radarstationen sind ausgefallen. All das spricht für einen starken, nuklearen Elektromagnetischen Impuls", antwortete die Stimme aus dem Lautsprecher.

„Gibt es noch eine andere Möglichkeit?"

Der diensthabende Nachrichtenanalytiker stand auf. „Ich habe Meldungen hier, Sir, vom Air Weather Service. Es tobt ein gewaltiger Sonnensturm. Auch Radio und Fernsehen sind gestört. Kommunikation läuft nur noch über Telefonleitungen. Einen Angriff halten sie für ausgeschlossen. Die Störungen hätten rein natürliche Ursachen. Sie empfehlen ARPANET zur weiteren Kommunikation."

„Das ist ein Projekt, das wir finanziert haben", fiel dem Verteidigungsminister ein. „Zusammengeschlossene Großrechner, die miteinander kommunizieren. Ein Netzwerk ist weniger anfällig, als einzelne Stationen."

„Nutzen Sie es", befahl der US-Präsident.

„Ist geschehen. Ich gebe die Daten auf die Bildschirme."

Ort: Psyche, Moskau, Kreml

„Und Ihre Daten zeigen Ihnen, dass die Sonne verrücktspielt", fragte Chruschtschow.

„Nur die Sonne, Genosse Vorsitzender", kam es aus den Lautsprechern. „Ich gehe mal davon aus, dass die Amis die gleichen Kommunikationsprobleme haben wie wir."

„Haben die schon Raketen abgeschossen oder ihre Bomber gestartet?", fragte Chruschtschow.

„Dafür gibt es keine Hinweise", entgegnete Petrow.

„Schicken wir ihnen doch ein Fax", schlug Schukow vor, um die Situation zu deeskalieren.

„Hat der Verteidigungsminister Angst davor, die Rodina verteidigen zu müssen? Wir müssen sofort zuschlagen, solange der Feind noch schwach ist", fauchte Andropow den Marschall an.

Der sah den KGB-Chef nur ruhig an. „Das sogenannte Rote Telefon wurde eingerichtet, um den drohenden Nuklearkrieg zu verhindern, Juri Wladimirowitsch. Ich habe bereits die Rodina verteidigt. Von Moskau bis nach Berlin."

„Wir haben hier die Nachrichten zu klären, die uns von den Monden übermittelt worden sind, Genosse", wies Chruschtschow die Streithähne zurecht. „Wir schicken den Amerikanern eine Nachricht, was bei uns los ist. Sie sollen Ihre Bomber unten und ihre Raketen in den Silos lassen. Wir versichern ihnen, dass wir das Gleiche tun", wies er danach an. „Dessen können sie sich hundertprozentig sicher sein."

**Ort: Psyche, Washington, DC,
        White House Situation Room**

„Jetzt, wo wir uns hundertprozentig sicher sind, dass uns die Russen nicht angreifen, würde ich gern Ihre Meinung wissen, zu dem, was uns die Monde erzählt haben", forderte der US-Präsident die anwesenden Herren auf.

Die schwiegen.

Keiner war sich mehr sicher. In Nichts. Nicht nach dem, was die Monde erzählt hatten. Von einer Erde, die von allen Terra Nostra genannt wurde. Und wo die Menschen wirklich frei waren und in Frieden lebten.

„Ich denke mal, die Russen diskutieren genauso wie wir über das gerade gehörte", sagte Schuler nach einer ganzen Weile des Schweigens.

„Die haben ja auch ordentlich ihr Fett weggekriegt. Sogenannter Kommunismus", kicherte der CIA-Direktor. „Unterdrückte Völker, volle Gulags, Massenverhaftungen und Exekutionen. Ein Volk, dass in ständiger Angst vor seiner Regierung leben muss."

„Uns haben sie doch genauso abgekanzelt. Unsere Hippies fanden sie toll, aber noch zu unentschlossen und zu drogenaffin. Sogenannte Demokratie haben sie uns genannt. Auf der Terra Nostra entscheiden die Menschen Kraft ihres Willens. Ich weiß nicht, ob ich das will", erwiderte der US-Präsident.

„Sie haben angeboten, alle, die wirklich dazu bereit sind, auf die Terra Nostra zu holen", gab Schuler zu bedenken.

Und fuhr dann fort: „Darüber sollten wir zuerst diskutieren. Vielleicht benötigen die USA bald keinen Präsidenten mehr. Und gegen Ausreisen ins Weltall können wir keine Mauer errichten, wie die Ostdeutschen ihre gegen den Westen."

„Hören Sie auf, so zu flunkern, Schuler. Und ersparen Sie uns ihr Grinsen dabei. Wir alle wissen, dass Sie ein verkappter Linker sind", kam es müde vom US-Präsidenten.

„Vielleicht will er ja nach Terra Nostra?", hoffte der CIA-Direktor, dem der Nationale Sicherheitsberater schon lange ein Dorn im Auge war.

„Ich kann jeder Zeit dorthin. Mein Vater stammt von dort", erwiderte Schuler leichthin.

„Ihr für die Russen spionierender Vater? Richard Sabota war ein Außerirdischer?", fragte der CIA-Direktor verblüfft. „Irgendwie habe ich das immer geahnt. Jemand wie Sie kann nicht normal sein."

„Weil mein Vater ein Außerirdischer ist, bin ich nicht normal? Sehen Sie, das ist genau der Rassismus, den uns die beiden Monde vorwerfen", erwiderte Schuler ernst.

„Verarschen Sie uns, Schuler, oder war Richard Sabota wirklich ein Außerirdischer?", fragte auch der US-Präsident misstrauisch.

„Er stammte von der Erde. Sogar noch aus der Zeit, als die noch nicht Terra Nostra genannt wurde. Er ist jetzt über zweitausend Jahre alt."

„Er ist jetzt über zweitausend Jahre alt?"

„Natürlich lebt er noch, Mr. President. Oder glauben Sie, japanische Galgen könnten ihm etwas anhaben?", fragte Schuler mit ungewohntem Ernst.

Darauf gab es erstmal längeres Schweigen.

„Wenn diese Aliens so mächtig sind, warum zwingen die uns dann nicht einfach ihren Willen auf, und gut ist?", fragte der Präsident der Vereinten Stabschefs.

„Wenn Sie so mächtig wären, würden Sie das dann tun, General?", fragte Schuler zurück.

Der General schwieg.

„Das ist schon mal ein gutes Zeichen, dass Sie schweigen, General. Und die anderen Herren?", fragte Schuler.

Die schwiegen auch.

„Nehmen wir mal als Arbeitshypothese an, Sie haben Kontakt zu diesen Außerirdischen, Schuler", begann der US-Präsident dieses Schweigen zu unterbrechen.

„Dessen können Sie sicher sein, Sir."

„Gut. Wissen Sie, was die wollen?"

„Das ist einfach, Sir. Sie wollen Frieden auf Psyche.“

„Aber wir haben Frieden“, entrüstete sich der Präsident der Vereinten Stabschefs.

„Und in Indochina? Oder zwischen Taiwan und China. Zwischen Ost- und Westdeutschland? Herrscht da Frieden? Wir haben einen Kalten Krieg. Und wir haben Mächte, die diesen nutzen wollen, um Psyche, so wie es ist, zu vernichten. Wir helfen fleißig dabei. Auch, wenn der Versuch gerade wieder einmal schiefgegangen ist“, erwiderte Schuler heftig.

„Welcher Versuch ist schiefgegangen?“, fragte der US-Präsident misstrauisch.

„Alles, was gerade vorgefallen ist. Geplant war eigentlich, dass wir uns gegenseitig unsere Nuklearwaffe um die Ohren hauen“, erwiderte Schuler.

„Und das haben die Monde verhindert?“

„Nein, verhindert hat es unsere Umsicht und das Rote Telefon. Die Monde hätten eingegriffen, wenn es uns nicht mehr möglich gewesen wäre. So, wie sie bei den Raketen eingegriffen haben“, antwortete Schuler.

„Weil ein paar Durchgeknallte einen Weltkrieg auslösen wollten, sind die Monde in Aktion getreten?“, schlussfolgerte der US-Präsident.

„Richtig, Sir“, bestätigte Schuler. „Aber die Durchgeknallten hatten ebenfalls Hilfe. Und vor diesen Helfern beschützen uns die Monde seit einem Jahrtausend.“

„Es gibt noch mehr Aliens da draußen?“

„Mehr, als Sie sich vorstellen können, Sir. Der Sonnensturm war ein Werk der Selachii“, erklärte Schuler.

„Der Sonnensturm? Den haben Aliens verursacht?‟, fragte der Vorsitzende der Vereinten Stabschefs ungläubig.

„Sehr mächtige, Sir. Aber es gibt noch mehr von ihnen. Deswegen haben die beiden Monde beschlossen, all unsere Nuklearwaffen, aber auch die anderen, die es noch gibt, zu deaktivieren‟, erklärte Schuler mit Bestimmtheit.

„Das glaube ich Ihnen nicht, Schuler‟, kam es mit ebensolcher Bestimmtheit vom Vorsitzenden der Vereinten Stabschefs zurück.

Schuler lächelte nur. „Dann überprüfen Sie es, Sir.‟

Ort: Psyche, Moskau, Kreml

„Wir überprüfen hier was?‟, fragte Chruschtschow seinen KGB-Chef erstaunt.

„Wir überprüfen, wo in der Sowjetunion noch die wahren Kommunisten sind‟, erwiderte Andropow, in der ihm eigenen Selbstgefälligkeit.

„Zählen Sie sich denn dazu, Juri Wladimirowitsch?‟, fragte Chruschtschow noch erstaunter.

„Selbstverständlich, Nikita Sergejewitsch. Das ZK ist sich aber nicht sicher, ob es auch noch seinen Vorsitzenden dazuzählen kann‟, erwiderte der KGB-Vorsitzende. Der seinen hohen Posten eben diesem ZK Vorsitzenden verdankte.

Der sah sein Protegé ruhig an. „Ich bin über die Intrigen im Bilde, die sie zusammen mit Leonid Iljitsch gegen mich spinnen. Ich weiß auch, dass sie bis ins ZK reichen. Und ich weiß, wer daran beteiligt ist. Meine Maßnahmen dagegen wurden bereits ergriffen."

Er drückte einen Knopf an seinem Tisch und die Tür des Besprechungszimmers öffnete sich.

Da Chruschtschow zu wissen glaubte, wer hereintrat, sah er nicht hin. „Genosse Marschall, bitte lassen Sie die Beschuldigten festnehmen", sagte er nur.

„Genosse Marschall ist, glaube ich, nicht ganz korrekt", korrigierte ihn Wihtania. „Ich glaube, die anwesenden Herren haben immer noch nicht verstanden, worum es wirklich geht."

Ort: Psyche, Washington, D.C.

„Es geht um Sein oder Nichtsein, Mr. President", erwiderte Schuler mit angemessenem Ernst.

„Darum geht es immer, Schuler."

„Aber durch die Atomraketen hat das Ganze globale Maßstäbe angenommen. Neutralität wird es in einem nächsten Krieg nicht geben. Atomarer Fallout ist nicht neutral und auch nicht harmlos. Außerdem verlangen die Monde nicht zu viel von uns", warb Schuler unter den Anwesenden für die politischen Ansichten des Neuen Hohen Rates.

„Wir sollen klein beigeben", ereiferte sich der Vorsitzende der Vereinten Stabschefs.

„Wir haben den Kalten Krieg doch schon längst verloren. Schließen wir Frieden", bat Schuler.

Aber der Vorsitzende der Vereinten Stabschefs blieb stur. „Um die Kommunisten vor unsere Haustür zu lassen? Niemals. Ich werde solange gegen diese Seuche kämpfen, bis wir sie ausgerottet haben."

Ort: Psyche, Moskau, Kreml

„Wir müssen den Kapitalismus ausrotten. Uns gehört die Zukunft. Wir sind die Weltrevolution. Das ist wissenschaftlich erwiesen", ereiferte sich Andropow.

Mit Freude sah er, dass die, die genauso dachten, sich wieder seiner Seite zuneigten.

Chruschtschow und seine westliche Verweichlichung der Sowjetunion? Seine Demokratisierung? Das war doch nur zum Kotzen. Sie würde in eine Sackgasse führen.

Die Frau Marschallin, die vorhin eingetreten war, stellte keine Gefahr für ihn da. Auch, wenn sie groß und drohend wirkte, dachte Andropow. Er wusste, die Soldaten da draußen würden ihm gehorchen. Auch wenn sie leider nicht mehr zum KGB gehörten. Das hatte Mercheulow versaut. Wie so vieles, was wieder besser werden musste.

„Glauben Sie den Unsinn wirklich, den Sie da erzählen?", riss ihn die Marschallin aus seinen Gedanken.

„Welchen Unsinn? Überlegen Sie, welche Uniform Sie tragen, Genossin Marschall. Die rote Armee hat die Aufgabe, die Sowjetunion zu beschützen."

„Richtig. Und sie beschützt sie. Vor Leuten, wie Sie, Genosse Andropow", erwiderte Wihtania.

„Nehmen Sie mich doch fest", giftete der.

„Das muss ich nicht. Das werden andere übernehmen", erwiderte sie beiläufig, um sich dann an alle anderen zu wenden: „Kommt endlich aus diesen Mauern raus, liebe Genossinnen und Genossen, und seht, was draußen los ist. Jede freie Minute hängen eure Bürgerinnen und Bürger vorm Fernseher und sehen sich an, welches Programm die Monde ihnen zu bieten haben. Informationssendungen zur Terra Nostra. Beiträge zur Geschichte Psyches, die es so noch nicht gab. Die die Wahrheit erzählen. Über eure Gulags, eure Säuberungen, über die Privilegien der Nomenklatura. Im Gegensatz zu den Träumen eurer Ideologen, ist das greifbare Realität."

„Sie werden alle auf diese Erde abhauen?", fragte Chruschtschow erschrocken.

„Nein", erwiderte Wihtania kalt. „Es sind ganz viele hiergeblieben. Für sie ist das Wort Heimat kein politisches Schlagwort, sondern gelebte Realität. Sie wollen, dass Psyche so wird, wie es die Terra Nostra bereits ist. Und sie sind bereit, dafür auf die Straße zu gehen. Überall auf Psyche."

„Sie werden alles infrage stellen", jammerte Chruschtschow. „Anarchie wird herrschen. Niemand wird mehr auf uns hören. Es wird hier nie so schön sein, wie auf dieser fremden Welt."

„Weil du die Zügel zu locker hälts. Unter Wissarew hätte das nie geschehen können", ereiferte sich Andropow und freute sich über die laute Zustimmung seiner Gesinnungsgenossen.

Dann stand er auf. „Ich werde mich um mein Ministerium kümmern. Ihr findet mich in der Lubjanka. Oder, genauer gesagt, einige von euch sehe ich dort bald wieder. Als

Gefangene. Wenn wir hier aufräumen werden. Bis dann, Genossen."

Wihtania verächtlich ansehend, weil sie keine Anstalten machte, ihn festzunehmen, ging er hinaus.

„Aber was soll denn jetzt geschehen?", fragte Chruschtschow verzweifelt.

„Sie haben doch bereits eine Rede gehalten, in der sie die schlimmsten Missstände unter Wissarew aufgedeckt haben", erklärte Wihtania. „Halten Sie eine zweite Rede. Bieten Sie den Leuten, die bleiben wollen, an, dass Ihre Regierung gern herausfinden will, was die Bürger wirklich wollen."

Ort: Psyche, Washington, D.C.

„Was die Bürger wirklich wollen? Aber das bekommen sie doch. Fast ein jeder hat Arbeit. Und es gibt alles zu kaufen, was man sich vorstellen kann", verstand der US-Präsident nicht, was Schuler ihm da vorschlug.

„Und die gewaltigen Studentenunruhen? Die vielen Demonstranten. Gegen Krieg. Gegen Unfreiheit."

„Unruhestifter gibt es immer, Schuler, und die wird es immer geben", wies der US-Präsident die Vorhaltungen zurück.

„Richtig. Aber wenn die Zahl der Unruhestifter sechs- oder gar siebenstellig ist, haben Sie ein Problem, Mr. President. Wenn Sie bei der Lösung dieses Problems einen Rat brauchen, hier ist meine IP-Adresse. Sie erreichen mich über ARPANET, Sir. Meinen Job bei Ihnen beende ich hiermit."

Schuler sah die Freude des CIA-Direktors und des Vorsitzenden der Vereinten Stabschefs über diese Mitteilung. Und ihre Enttäuschung, als der Präsident sagte: „Sie sind Nationaler Sicherheitsberater, Schuler. Einen so hohen Regierungsposten kündigt man nicht so einfach."

„Wollen Sie einen Außerirdischen als Nationalen Sicherheitsberater, Sir?", wunderte sich Schuler.

„Sie sind doch in den Staaten geboren worden? Oder nicht?", fragte der US-Präsident.

Schuler nickte nur.

„Dann sind Sie auch amerikanischer Staatsbürger. Egal, aus welchem Land Ihr Vater kommt. Außerdem haben Sie einen Amtseid abgelegt. Aus dem entbinde ich Sie erst, wenn wir Ihre Unterstützung nicht mehr benötigen."

„Ich wollte Sie ja weiterhin unterstützen, Sir. Nur nicht hier drin. Im Moment jedenfalls nicht", erklärte Schuler.

„Nicht hier drin? Wo wollten Sie denn hin?"

„Raus, auf die Straße, Sir. Hören, was die Leute wollen."

„Haben Sie das bis morgen um diese Zeit herausgefunden, Schuler? Gut. Ich erwarte Sie dann wieder hier. Finden Sie heraus, was die Leute wirklich wollen."

Ort: Psyche, Moskau, KGB Zentrale

„Wen interessiert schon, was die Leute wirklich wollen", knurrte Andropow.

„Sie wollen sicher kein Chaos", bestätigte sein Stellvertreter. „Allerdings ist es nicht überall so ruhig, wie in der Lubjanka."

„Was wollen Sie damit sagen?"

„Leitung drei", erwiderte sein Stellvertreter nur.

Andropow nahm nun auch das blinkende rote Lämpchen wahr und nahm den Hörer ab. „Was ist los? ... Wie bitte, Witali Wassiljewitsch? Wieso können bei Ihnen Hunderttausende auf der Straße sein? ... Was soll hier heißen spontan. Ukrainer sind nicht spontan. Finden Sie die Rädelsführer und lassen Sie sie erschießen! ... Sie haben zu wenig Leute gegen diese Menschenmassen? Dann lassen Sie die Sache durch ein Panzerregiment erledigen. Oder von mir aus auch durch zwei Panzerregimenter. Sorgen Sie für Ordnung in Kiew, Genosse Fedortschuk, oder ich mache das."

Wütend legte er auf.

Sein Stellvertreter wartete einen Moment. Mit versteinertem Gesicht. Dann sagte er: „Wir haben gerade aus Ostdeutschland die Nachricht erhalten, dass dort die Leute auf der Straße sind und rufen: „Wir sind das Volk". Allein in Leipzig spricht man von 200.000 Demonstranten."

„Zweihunderttausend?", fragte Andropow verblüfft.

„Das Phänomen gibt es nicht nur in den größeren Städten. Der Genosse Honecker lässt melden, dass ungefähr 3 - 4 Millionen seiner Bürger auf der Straße sind."

„3 bis 4 Millionen? Hat die DDR überhaupt so viele Einwohner?", fragte Andropow noch verblüffter.

„Scheinbar."

„Wir haben dort genug Soldaten. Die sollen nicht auf der faulen Haut liegen, sondern aufräumen."

„Der Genosse Honecker hat gesagt, seine Volksarmee könnte sich gegen uns stellen, falls wir versuchen, das Problem von der Roten Armee lösen zu lassen."

„Na und? Haben wir die Deutschen nicht schon einmal besiegt? Setzen Sie sich mit der Stawka in Verbindung und mit Marschall Koschewoi in Wünsdorf. Wir räumen auf. Hier, dort, in Kiew, überall."

Ort: Psyche, (Ost-) Berlin, Josef-Orlopp-Straße

Überall waren Menschen auf der Straße. Hugo war das peinlich. Er war abgehauen. Durch das Tor am Alex. War ein komisches Gefühl gewesen. Noch komischer war, wieder nach Psyche zurückzukehren. Hatte sich viel ereignet in der Zeit, die er nicht auf Psyche war? Verändert hatte sich nicht viel. Weder in seiner Wohnung in Lichtenberg, noch in dem Betrieb, in dem er gearbeitet hatte.

Er zog sich um und ging zu seinem Arbeitsplatz. Dort stand allerdings alles still. Die automatische Fließanlage, an der er sonst arbeitete, arbeitete nicht.

Hugo sah auch gleich, warum. Außer ihm waren nur ein paar ältere Kollegen da. Und sein Meister natürlich. Der hatte schon vor dem Krieg hier gearbeitet und gehörte quasi zum Betriebsinventar.

Im Moment stand er vor einer der Hochgenauigkeitsmaschinen. Er hatte sie geöffnet und schien sie zu reparieren.

„Iss was kaputt an dem juten Stück", fragte Hugo.

Der Meister sah hoch. „Hugo?", fragte er überrascht. „Ich dachte, du bist abgehauen. So, wie die anderen."

„Läuft deshalb nichts mehr, Meester?"

„Die Hälfte der Belegschaft ist weg."

„Und die andere Hälfte?"

„Ist in der Kantine und diskutiert, wie's weitergeht."

„Wie's weitergeht?", verstand Hugo nicht.

Inzwischen waren auch die anderen Kollegen herangekommen, hatten ihn begrüßt und erklärten gleich die Lage.

Der Betriebsparteivorsitzende hatte eine Rede gehalten. Damals. Als Hugo abgehauen war. Eine seiner üblichen Reden. Eine, die er immer hielt. Eine vom Sieg des Sozialismus.

Die Kollegen hatten ihn erst ausgelacht, dann seinen Floskeln widersprochen, um ihn schließlich aus der Kantine zu werfen.

„Aber nun erzähl doch mal. Wie war's denn im gelobten Land. Bist du wirklich durch das Tor gegangen?", fragten alle.

„Portal. Die nennen das Ding Portal", stellte Hugo richtig. „Das iss, als würdest du von kaltem Wasser durchgespült. Iss aber gleich wieder weg", erklärte er fachmännisch.

Die anderen nickten. Kaltes Wasser. Das ging ja noch.

„Du merkst erst gar nicht, dass du woanders bist. Außer an der Luft, natürlich. Die iss Spitze. Dort gibt's nämlich keene Autos, müsst ihr wissen."

„Iss klar. Ich hab auf meinen Trabi 12 Jahre gewartet", erklärte einer der älteren Kollegen nicht weniger fachmännisch.

„Nee, nach 12 Jahren gibt's immer noch keenen Trabi, die haben gar keene Maschinen", fuhr Hugo in seiner Reisebeschreibung fort.

„Keene Maschinen? Und wie arbeiten die da? Alles mit der Hand? Wie früher?", war der Trabi-Besitzer überrascht.

„Die arbeiten gar nich", erwiderte Hugo triumphierend. „Dort muss keener mehr arbeiten, Leute."

„Und da verhungert niemand?" Diese Skepsis kam von allen Kollegen.

„Die Nahrung macht ein gewisser Johannes Agricola. Das ist ihr Ober-Bauer. Wenn man was essen will, er hat alles. Habe dort den leckersten Lachsschinken meines Lebens gegessen", machte Hugo allen den Mund wässrig.

Denn Lachsschinken gab's nur an Weihnachten. Manchmal. Nach langem Anstehen und wenn man wusste, bei welchem Fleischer man sich anstellen musste. Sonst gab's den nur mit Beziehungen. Selbst hier in Berlin. Das wussten alle.

„Also ist es doch das Paradies?", fragte der Trabi-Besitzer.

„Dachte ich auch erst. Aber du kannst dir doch nicht den lieben, langen Tag den Wanst vollschlagen, Kollegen. Ein paar Tage schon. Dann wird's langweilig."

„Haben die dort kein Fernsehen?"

„Bei denen nennt sich das MindNet. Iss viel besser, als Fernsehen. Du kannst sehen, was du willst. Jeden Film, zu jeder Zeit, immer. Aber auch das ist langweilig. Irgendwann. Also sagte ich denen, dass ich was arbeiten will. Immer nur faulenzen, wer will das schon? Aber Arbeit, das kannste knicken."

Keine Arbeit? Das war natürlich ein Problem. Sie kannten ihren Hugo. Wenn's was zu tun gab, war er der erste, der sich meldete. Wer auf der faulen Haut lag, dem sagte er ganz schnell und sehr deutlich seine Meinung.

„Habe erzählt, dass ich Zerspaner bin. Mit den neuesten Maschinen klarkomme. Und 'nen Lehrgang mache, um auch NC-Maschinen bedienen zu können", erklärte Hugo.

„Solche Leute werden gesucht", war sich sein Meister absolut sicher.

„Denkste, Meester. Die haben überhaupt keene Maschinen. Maschinen widersprechen dem Inneren Gesetz, bekam ich zu hören. Da bin ich wieder abgehauen. Das geht. Da meckert keener. Kann ich bei euch wieder anfangen? Wenn wir die paar Tage als Urlaub schreiben?"

Die Kollegen nickten sofort heftig. Sahen aber auf ihren Meister. Das musste der entscheiden.

„Wir wissen gar nicht, wie's bei uns weitergeht", musste der zugeben.

„Wie′s weitergeht?", verstand Hugo nicht. „Aber wir produzieren doch für die ganze Welt. Sogar für den RGW. Brauchen die keine Wälzlager mehr?"

Der Meister seufzte. „Wie es wirtschaftlich weitergeht, weiß keiner so richtig."

Dann sah er die anderen Kollegen an.

Die nickten nur.

Also fasste der Meister den nötigen Mut und erklärte Hugo: „Darüber, wie es politisch weitergehen soll, sind wir uns aber einig: Es wird einen richtigen Arbeiter-und-Bauernstaat geben. Einen, der seine Bürger nicht mehr einsperrt. Die Mauer muss weg. Das ist allen klar."

„Es ist einiges faul in diesem Staat", gab Hugo zu. „Das ist auch mir klargeworden, als ich in dieser anderen Welt war."

„Und damit alles besser wird", wurde der Meister nun sehr viel mutiger, „haben die Berliner Betriebe die Genossen von der Partei- und Staatsführung zu einem Runden Tisch eingeladen."

„Zu einem Runden Tisch?", verstand Hugo nicht.

„Zu einem Runden Tisch", erklärte der Meister.

„Und die Genossen haben sich das gefallen lassen?", verstand Hugo noch viel weniger. „Es wurde keener eingesperrt? Vom MfS?"

„Das mit dem einsperren ist nicht so einfach, wenn die Straßen von Demonstranten überquellen", war der Meister stolz.

„Wogegen demonstrieren die denn."

„Gegen alles", war der Meister noch stolzer.

„Gegen alles?", verstand Hugo noch immer nichts.

„Eigentlich demonstrieren wir für die Dinge, die wir wollen", wurde der Meister nun konkreter. „Reisefreiheit, zum Beispiel."

„Die gibt es doch. Du kannst in die Terra Nostra reisen."

„Aber wir wollen auch nach Tempelhof", verlangte der Meister bisher unmögliches.

„Nach Tempelhof?", staunte Hugo. „So weit?"

„Deswegen gibt es den Runden Tisch", kam der Meister nun auf den Punkt. „An dem gibt es nämlich keine Hierarchien. So, wie es in einem richtigen Arbeiter-und-Bauernstaat sein sollte."

10. Kapitel Der blaue Planet

I imagine they (aliens) might exist in massive ships, having used up all the resources from their home planet. If aliens ever visit us, I think the outcome would be much as when Christopher Columbus first landed in America, which didn't turn out very well for the American Indians. –

Stephen Hawking (1942 – 2018), „Telegraph", (Erde, 2010)

(Er warnt davor, dass es uns wie den Indianern nach Kolumbus' Entdeckung Amerikas gehen würde, sollten jemals Aliens auf der Erde landen.)

Ort: **Psyche, Washington, D.C.,
White House Situation Room**

Es war der einzige Raum im Weißen Haus, der Daten in Echtzeit empfangen und darstellen konnte.

Dazu benötigte man im Moment nur das Fernsehen. Selbst das sowjetische Fernsehen brachte erstaunlich viele Informationen über die Angebote der beiden Monde.

Auch die Fernsehsender der mit der Sowjetunion verbündeten Volksrepubliken hatten nur noch ein Programm. Das der beiden Monde. Etwas anderes wollte keiner mehr sehen, egal was auch die kommunistischen Machthaber dagegen versucht hatten. Das war nicht ohne Folgen in der Bevölkerung geblieben.

Die amerikanischen Fernsehsender berichteten auch aus Osteuropa. Alle hatten sich einen Dauernachrichtenkanal geschaffen. Die brachten Einschaltquoten, von denen man bisher nur träumen konnte. Und nur das zählte.

In den sozialistischen Volksrepubliken erklärte die Bevölkerung durch menschenreiche Demonstrationen, sie sei das Volk. Sprachlich gab es gegen diese Sichtweise sicher nichts einzuwenden.

Aber politisch?

So war doch der „Real Existierende Sozialismus" gar nicht gemeint. Auch eine Volksrepublik benötigte Mächtige, die dem Volk sagten, was es zu tun und zu lassen habe. Seit wann wusste das Volk, was gut für das Volk war?

Der CIA-Direktor sah es mit hämischem Grinsen. Aber auch mit hoffender Besorgnis. „Die Russen werden gegen die Demonstranten Panzer aufmarschieren lassen."

„Gegen ganze Völker?", fragte der Präsident der Vereinten Stabschefs. „So viele Panzer haben nicht mal die Russen. Außerdem haben sie das bei den vorherigen Volksaufständen auch nicht getan. Und da waren viel weniger auf der Straße."

„Chruschtschow hat damals gezeigt, dass er es ernst meint mit der Demokratisierung. Aber heute ist er möglicherweise schon nicht mehr im Amt", wusste der Außenminister.

„Tyzca ist nicht mehr im Amt. Das Politbüro hat ihn geschasst", erklärte der Direktor der CIA, was seine Behörde herausgefunden hatte. „Offiziell sind es gesundheitliche Gründe. Der Genosse Honecker ist jetzt ganz oben."

„Wie stehen wir dazu?", fragte ihn der US-Präsident.

„Honecker ist ein Hardliner. Das Volk schreit nach Reformen. Aber er wird wohl keine zulassen."

„Die russischen Soldaten in der DDR?", fragte der US-Präsident den Vorsitzenden der Vereinten Stabschefs.

„Die haben dort 400.000 Soldaten und tausend Panzer. Aber ich glaube nicht, dass sich die deutschen Soldaten ein russisches Eingreifen gefallen lassen. Auch, wenn ihre Führung etwas anderes behauptet, es gibt keine deutsch-sowjetische Freundschaft. Nicht, wenn Panzer dabei eine Rolle spielen."

„Sie sehen besorgt aus, Schuler", bemerkte der US-Präsident. „Was wissen Sie?"

Shuler hatte bis jetzt geschwiegen. Und aufmerksam die Diskussionen verfolgt. Die politischen Hardliner blieben politische Hardliner. Aber nicht mal die schienen Lust auf eine bewaffnete Auseinandersetzung zu haben.

„Tyzca hat sowohl Moskau, als auch Wünsdorf darauf hingewiesen, dass die Nationale Volksarmee der DDR bei einer Konfrontation sehr viel Wert auf das erste Wort ihres Namens legen würde", vermittelte er deshalb sicheres Wissen des Neuen Hohen Rates.

„Woher wollen Sie das wissen?", fragte der CIA-Direktor.

„Als Alien habe Quellen, die viel sicherer und zuverlässiger sind, als die der CIA", zwinkerte ihm Shuler zu.

Der US-Präsident sah das, ging aber nicht darauf ein.

„Und was sagt Bonn dazu?", fragte er stattdessen.

„Die würden militärisch auf einen militärischen Eingriff der Russen in Ostdeutschland reagieren. Die sehen sich noch immer als ein Volk. Ich glaube, es sind sich alle Beteiligten der Tatsache bewusst, dass ein solcher Gewaltakt erst einen Bürgerkrieg und dann einen Weltkrieg auslösen würde."

Der US-Präsident nickte. „Dann steht also nur noch die Frage im Raum, will jemand einen Weltkrieg auslösen?"

Ort: Psyche, Berlin, Hauptstadt der DDR

„Niemand will einen Weltkrieg auslösen", erklärte Honecker seinen Politbürokollegen. „Aber diese Provokationen auf unseren Straßen müssen aufhören."

„Es gibt eine Einladung zum Runden Tisch", erinnerte der wieder ins Politbüro aufgenommene Genosse Ackermann.

„Was soll das sein, Genosse Ackermann?", fragte Honecker misstrauisch.

„Bei einem runden Tisch gibt es keine Hierarchien", erwiderte Ackermann von ganz hinten seinem Chef ganz vorn an der Stirnseite des eckigen Tisches.

„Wer hat dieses Angebot gemacht?", wollte der wissen.

„Der Rat der Demonstranten. Hauptsächlich die Arbeitsgruppe Menschenrechte und der Arbeitskreis Gerechtigkeit."

„Menschenrechte? Gerechtigkeit?", fragte Honecker erstaunt. „Aber das garantieren wir ihnen doch durch unsere Verfassung. Schon immer. Warum lösen wir diese Demonstrationen nicht auf, Genosse Mielke?"

„Dazu fehlen uns die Leute." Es war deutlich zu sehen, wie wütend den Generaloberst diese Tatsache machte. „In Leipzig hatten wir 15.000 Tschekisten. In Uniform und Zivil. Aber gegen 200.000 Demonstranten waren wir in der Unterzahl und hatten keine Chance, irgendetwas auszurichten."

„Vielleicht wollten deine Leute nicht gewinnen?", fragte Honecker, bewusst provozierend.

„Willst du meinen Leuten eine mangelnde Einstellung vorwerfen? Wir haben bis kurz vor Beginn der Demonstrationen geübt. Aber wir waren zu wenige."

„Und die NVA?", fragte Honecker.

„Das sind größtenteils Wehrpflichtige", wiegelte der zuständige Verteidigungsminister ab.

„Wie bitte, Genosse Hoffmann?"

Der General stand auf. „Wir haben eine gute Armee. Für ihre Ausbildung und den Stand der Technik lege ich meine Hand ins Feuer. Aber es sind dieselben Leute, wie die, die überall auf die Straße gehen. Was, wenn die alle mitdemonstrieren? In der Uniform der NVA? Wollen wir das?"

„Ist es so weit gekommen?", fragte Honecker entsetzt. „Es muss doch etwas geben, was wir unternehmen können."

Das Schweigen nach diesen Worten dauerte lange.

„Wir schicken den Genossen Ackermann an den Runden Tisch. Um mit den Demonstranten zu verhandeln", sagte Mielke nach der langen Pause.

„Und dann?", fragte Honecker misstrauisch.

„Dann werden wir wissen, was die Demonstranten wirklich von uns wollen", erwiderte Mielke schlicht.

„Und dann?", fragte Honecker, immer noch misstrauisch.

Darüber reden wir, während der Genosse Ackermann verhandelt, erwiderte ihm Mielkes Blick.

Ort: Psyche, Moskau, KGB Zentrale

„Ich soll verhandeln?", fragte Andropow verständnislos. „Mit wem? Und warum?"

Sein Stellvertreter sah ihn erstaunt an. „Wissen Sie nicht, dass es auch in Moskau Demonstrationen gibt?"

„Ich habe befohlen, sie aufzulösen."

„Von den dreihundert Panzern, die der Moskauer Militärbezirk losschicken wollte, fuhren nur vier in die Innenstadt."

„Nur vier?", verstand der KGB-Chef nicht.

„Besetzt mit Offizieren. Mehr Leute ließen sich nicht finden, um Ihren Befehl auszuführen, Genosse Minister."

„Es erstaunt mich, dass die Disziplin der Roten Armee so katastrophal ist. Ich werde das Kriegsrecht einzuführen. Erschießungen schaffen schnell wieder Disziplin."

„Die Erschießung der vier Panzerbesatzungen sollte auch erfolgen. Aber die konnten abfahren, bevor sich die Soldatenräte darüber geeinigt hatten."

„Die Soldatenräte?", fragte Andropow verblüfft.

„Sie erinnern sich sicher, Genosse Andropow. Damals? Bei der Revolution? Da gab es Arbeiter- und Soldatenräte. Inzwischen gibt es die wieder. Auch in diesem Haus."

„Ich hoffe, Sie haben diesen Spuk beendet? Wurden die Aufrührer bereits festgenommen? Können wir sie verhören? Ich möchte gern wissen, wer hinter der ganzen Sabotage steckt. Chruschtschow bestimmt nicht. Dafür ist sie zu komplex", tobte Andropow.

„Das ist keine gelenkte Verschwörung. Die Menschen reagieren auf das, was ihnen Kephalis im Fernsehen mitgeteilt hat", erklärte ihm sein Stellvertreter.

„Diese Lügen? Über Gulags, willkürliche Verhaftungen, Säuberungsaktionen. Das glauben die?"

„Gerade in diesem Gebäude weiß man sehr gut, dass es keine Lügen waren", kam es ruhig zurück.

Auf Andropows Schreibtisch leuchtete eine Lampe auf. Der drückte einen Knopf und fragte barsch: „Was gibt es?"

„Eine Abordnung der Arbeiter- und Soldatenräte wünscht Sie zu sprechen, Genosse Minister", klang blechern die Stimme seiner Sekretärin aus dem Lautsprecher.

„Mit Verrätern verhandele ich nicht. Ich lasse sie erschießen", bellte Andropow zurück.

Trotzdem öffnete sich die Tür.

„Wen willst du denn erschießen lassen, Juri Wladimirowitsch? Deine Tschekisten? Das sind brave Leute. Inzwischen. Nachdem sie eingesehen haben, was wirklich wichtig ist."

Andropow starrte den Typen an, der das sagte. Wie sah der denn aus? So betont russisch, als sei er direkt einem Märchenfilm von Alexander Rou entsprungen.

Bis auf die AK 47, die er vor der Brust trug.

„Und Sie sind wer?", fragte Andropow mühsam.

Der salutierte. „Huldrich, Genosse Minister. Lukas Petrowitsch. General der Roten Armee im Ruhestand." Er nickte dem Stellvertreter des KGB-Chefs zu. „Mein Bruder kann Ihnen meine Identität bestätigen."

„Dieser Verrückte ist Ihr Bruder?", fragte Andropow entsetz seinen Stellvertreter.

Gerrich nickte nur, ohne seinen „Chef" anzusehen. „Hast du mit den Leuten gesprochen, Bruderherz?"

„Habe ich, Bruderherz. Sie waren sehr einsichtig, deine Tschekisten", antwortete Huldrich.

„Einsichtig?", fragte Andropow. „Was haben die denn eingesehen?"

„Dass sie die Kacke, die gerade am Dampfen ist, größtenteils selber mit ausgeschissen haben. Dass es nicht mehr lange dauern kann, bis wütende Sowjetbürger kommen und nach ihren verschwundenen Angehörigen fragen. Wenn schon der Genosse Mercheulow gerechter Weise von einem sowjetischen Gericht zum Tode verurteilt wurde, was haben dann erst die ganzen kleinen Scheißer in eurer großen Lubjanka zu erwarten, Genosse Andropow?"

Dann sah er wieder seinen Bruder an: „Einige haben die Flucht ergriffen. Die meisten sind aber dabei, Akten zu vernichten. Keine Akten, keine Beweise, denken sie."

Andropow war aufgestanden und versuchte, sein Büro zu verlassen.

Aber Huldrich hielt ihn auf. „Wo willst du hin, Genosse?"

„Wohin? Raus. Für Ordnung sorgen."

„Es wäre schade um die ganze schöne Unordnung, die gerade herrscht. Außerdem soll ich dich in den Kreml bringen. Sofort. So lautet mein Befehl. Der Genosse Chruschtschow hat Gesprächsbedarf, musst du wissen. Er ist sehr wütend, nachdem er das mit den Panzern in Moskau erfahren hat."

Ort: Psyche, Berlin, Marx-Engels-Platz

„Unsere Panzer sind nicht einsatzbereit?", fragte Mielke drohend.

General Hoffmann blieb ruhig sitzen. „Ich sagte vorhin bereits, dass sich die Truppenkommandeure gegen ein Ausrücken von NVA-Einheiten ausgesprochen haben. Aus politischen, vor allem aber aus militärischen Gründen."

„Das ist doch alles Unsinn", brüllte Mielke.

„Unsinn? Was ist denn vor drei Tagen in Plauen passiert? Als wir Kampfgruppen gegen die Demonstranten eingesetzt haben? Die Demonstration ließ sich trotzdem nicht auflösen. Weil die Kampfgruppen inaktiv blieben. Aber es war deutlich sichtbar, dass sie große Lust hatten, mit den Demonstranten mitzumarschieren. Nur deine Tschekisten haben fleißig Demonstranten verprügelt.

Waren aber in der Unterzahl. Noch so eine Niederlage können wir uns nicht leisten, Erich."

„Dann werden wir in Moskau noch mal nachfragen", kam die störrische Antwort.

„Du weißt doch, was Chruschtschow vom gewaltsamen Eingreifen hält. Er hat uns deutlich davor gewarnt", erwiderte Hoffmann nicht weniger stur.

„Chruschtschow? Wer ist schon Chruschtschow. Der Genosse Andropow hat dazu seine eigene Meinung", giftete Mielke.

„Der Genosse Andropow wurde festgenommen", kam eine müde Antwort von Honecker.

„Festgenommen?", fragte Mielke entsetz. „Von wem?"

„Von einem General der Roten Armee" erwiderte Armeegeneral Hoffmann nicht ohne Häme. Die klang noch mehr durch, als er fortfuhr: „Man will ihm den Prozess machen. Durftest du nicht dabei sein, als man Mercheulow den Prozess machte? Ich glaube nicht, dass wir von Moskau irgendwelche Hilfe zu erwarten haben."

Alles schwieg. Keiner wagte, den anderen anzusehen. Nicht nur aus Angst voreinander. Nein, auch aus Angst vor der Hoffnungslosigkeit, die man bei den anderen sah.

„Und was ist, wenn wir doch verhandeln?", kam nach langer Zeit ein zaghafter Vorschlag.

„Wie bitte, Genosse Schabowski?", fragte Honecker irritiert.

„So, wie ich das mitbekommen habe, wollen die Leute doch nur Reformen. Keiner will unseren Sturz. Noch nicht.

Zeigen wir uns willig. Reformen durchzusetzen? Das kann sehr lange dauern", erklärte Schabowski.

„Genossen, ich bitte doch um Ruhe", unterbrach Honecker nach einer langen Weile des Nachdenkens das allgemeine Stimmengewirr.

„Der Genosse Schabowski hat einen Vorschlag gemacht. Wollen wir dem Genossen Ackermann Verstärkung an den Runden Tisch schicken? Damit die Verhandlungen möglichst lange dauern? Ich bitte um Abstimmung."

Honecker sah sich um. „Wer ist dafür? Gut. Dann ist der Vorschlag einstimmig angenommen. Wie soll die Umsetzung dieses Vorschlages aussehen?"

Ort: Psyche, Leipzig, Mozartstraße

„Sah das schon immer so aus?", fragte der Mann.

Der Passant musterte ihn, während er und seine Familie stehenblieb.

Nee, von der Stasi war der sicher nicht. Wohl einer aus dem Westen. Zumal die „Leipziger Messe" gerade vorbei war. Kein Problem also, zu antworten.

„Das waren die Außerirdischen. Die haben das Haus saniert. Oder sehen Sie sonst noch was, was so gut aussieht? Selbst der Neubaublock da vorne wirkt vergammelt. Obwohl er erst drei Jahre alt ist", antwortete er.

„Leipzig könnte eine schöne Stadt sein, wenn man ausreichend Geld investiert", bemerkte der Wessi.

„Klar. Wenn alle Häuser dann so aussehen wie das. Wollen Sie auch auf die Terra Nostra abhauen? Ist es im Westen nicht schön? Schöner, als hier?"

Der Mann lächelte. „Ich war zu Besuch bei der „Leipziger Messe". Danach wollte ich mal was von dem sehen, was man den Messebesuchern aus dem Westen nicht zeigt."

„Da hamse nischt verpasst. Sieht überall so trostlos aus wie hier in der Innenstadt", war sich der Leipziger sicher.

Er nickte dem gut gekleideten Herrn und seiner noch viel besser gekleideten Frau zu und betrat mit seiner Familie das Haus, welches durch sein ebenfalls blendendes Aussehen so sehr von seinen Nachbarhäusern abstach.

Im Haus erinnerte nichts daran, im Inneren eines Hauses zu sein. Kaum war die Eingangstür geschlossen, waren alle Wände verschwunden.

Dafür gab es eine Wiese, auf der ein paar Bäume standen und die sanft in ein Tal hinunter reichte.

Unten floss ein schmaler Bach. An dessen entgegen gelegenem Ufer die Wiese wieder ebenso sanft anstieg.

Weiter hinten begann ein Wald. Und hinter diesem gewaltige Berge.

Egal in welche Richtung man auch sah, Spuren von Zivilisation waren keine zu erkennen.

„Willkommen auf dem blauen Planeten, der Terra Nostra", erklang eine sanfte Frauenstimme in den Köpfen der Besucher.

Die Kinder hörten sie mit Staunen, die Eltern mit Besorgnis. Ihnen verhieß eine Stimme im Kopf nichts Gutes.

„Sie müssen keine Angst haben. Wir nennen diese Art miteinander zu sprechen „Mentale Kommunikation". Denken Sie die Sätze einfach, die Sie antworten möchten. Ich werde es verstehen und mit Ihnen sprechen."

Nun konnte man nur noch den Mienen der Besucher entnehmen, wie jeder von ihnen mit der Frauenstimme kommunizierte.

Die Kinder legten zuerst jede Scheu ab, tollten auf der Wiese herum und ließen ihre Gedanken dabei Fragen stellen, die nur Kinder stellen können.

Die Stimme antwortete auf jede einzelne dieser Fragen und verlor dabei nie die Geduld.

Ort: Psyche, Berlin, Normannenstraße

Mielke verlor als erster die Geduld.

Während die anderen Politbüromitglieder immer noch am eckigen Tisch saßen und über politische Pläne schwadronierten, verließ er die Politbürositzung, um sein Büro in der Normannenstraße aufzusuchen.

Die kurze Fahrt bis dahin war sehr aufschlussreich.

Durch das Fenster seines Dienstfahrzeuges konnte er gut erkennen, dass immer noch viele Leute auf der Straße waren.

Weniger, um zu protestieren. Vielmehr, um zu diskutieren.

Freundliche Blicke hatte niemand für seinen Volvo aus Scandia. Wenn ihn auch keiner erkannte, so wussten alle, darin konnte nur ein Bonze sitzen. Irgendein ganz hohes Tier jener Partei, die sie alle so erfolglos eingesperrt hatte.

Das Fahrzeug fuhr weiter in die Berliner Zentrale des Ministeriums für Staatssicherheit.

Wie ein Rattenfänger, so sammelte der Generaloberst Mielke seine Hauptabteilungsleiter um sich, während er auf dem Weg in sein Büro war.

Dort wurde lange gesprochen.

Das, worauf sich die Genossen Offiziere nach langer Diskussion einigten, war nicht schön.

Ort: Psyche, Leipzig, Mozartstraße

„Es ist schön hier", sagte die Mutter.

Die Kinder stimmten jubelnd zu.

Der Vater nickte.

„Wollt ihr wirklich für immer hierbleiben?", fragte er sie.

„Muss man hier zur Schule?"

„Muss man. Aber ob du die gleichen Schulkameraden hast, wie jetzt? Ich glaube, eher nicht."

„Wieso?"

„Weil viele auf Psyche bleiben wollen."

„Aber hier ist es herrlich. Schöner, als jeder Urlaub."

Die Eltern sahen sich an. Eine ganze Weile. Schließlich nickte die Mutter.

„Hört zu", begann der Vater, „hier ist es herrlich. Das stimmt. Aber hier ist es einfach zu herrlich. Besser, als jeder Urlaub. Wir bleiben erstmal auf Psyche. Bis ihr mit der Schule fertig seid. Bis ihr einen Beruf erlernt habt. Wenn ihr erwachsen seid, ist es dann eure Entscheidung."

„Aber wir werden hier Urlaub machen", ergänzte die Mutter. „Es kostet nichts, weil es hier kein Geld gibt. Seid ihr einverstanden?"

Es dauerte lange, bis die Kinder einverstanden waren. Es war zu verlockend, einfach so in eine andere, viel, viel bessere Welt zu reisen, und die Probleme Psyches hinter sich zu lassen.

**Ort: Psyche, Washington, D.C.,
         White House Situation Room**

„Wieviel Amerikaner haben uns verlassen? Haben wir denn schon eine Vorstellung davon, wer alles in diese neue Welt gereist ist?", fragte der US-Präsident. „Vielleicht sind wir ja noch als einzige hier?"

Die Bildschirme an der Wand zeigten viele Informationen.

Auch in den USA hatten die Monde Portale oder Kontaktstellen in Gebäuden eingerichtet, für alle, die nach Terra Nostra reisen wollten.

Man musste nur hineingehen und sich ganz fest wünschen, dahin zu gelangen. Schon war man dort.

Natürlich hatten diverse Moderatoren und Reporter der großen Fernsehsender diese Möglichkeit genutzt.

Ebenfalls die Möglichkeit, jederzeit wieder nach Psyche zurückkehren zu dürfen.

Die Fernsehsender brachten nun fast nonstop Reportagen von der Terra Nostra. Von ihrer unberührten Natur, von den wenigen Menschen, die dort noch lebten, von ihren scheinbar paradiesischen Verhältnissen.

Die Herren im Situation-Room verfolgten diese Reportagen gebannt.

Bis auf den CIA-Chef. Der saß so auffällig entspannt in seinem Sessel, dass der Präsident ihn endlich ansprach.

„Sie wissen wohl schon alles? Waren Sie auch dort?"

„Natürlich, Sir. Denken Sie, ich überlasse meinen Field-Officers den ganzen Spaß allein? Es ist ein seltsames Reisen. Weil man sofort an Ort und Stelle ist. Aber es ist eindeutig eine andere Welt. Man sieht nachts ganz andere Sternenbilder, als auf Psyche."

„Das kann man auch vortäuschen", wandte der der Vorsitzende der Vereinten Stabschefs ein.

„Warum sollten die das?", fragte der CIA-Direktor. „Sie haben unsere Massenmedien übernommen. Nicht mal die Russen konnten etwas dagegen unternehmen. Oder die Chinesen. Und denen kann man wirklich nicht vorwerfen, sie hätten ihre Presse nicht im Griff."

„Sie sind so mächtig, sie könnten mit uns machen, was sie wollen", sinnierte der Vorsitzende der Vereinten Stabschefs.

„Machen sie aber nicht", warf Schuler ein, der bisher geschwiegen hatte.

„Und sie wollen wirklich nur Frieden, Schuler?", vergewisserte sich der US-Präsident.

„Die beiden Monde wollen nichts anderes, Sir."

„Dann werden wir einen Frieden auf allen aktuellen Kriegsschauplätzen in die Wege leiten. Da die Monde die Kommunisten genau so wenig leiden können, wie wir, werden sie mit denen nicht gemeinsame Sache machen."

„Das werden sie nicht, Sir", versicherte Schuler. „Aber wenn Sie an Frieden denken, Sir, dann denken Sie auch an die Demonstranten da draußen."

„Wie sollen wir mit denen Frieden schließen?"

„Wir setzen uns alle an einen Tisch. Hören zu, was sie wollen. Schlagen vor, was wir wollen oder zu geben bereit sind. Wer redet, der demonstriert nicht."

Ort: Psyche, Berlin, Normannenstraße

„Heute wird niemand von euch demonstrieren. Wir wissen immer noch, wie man mit der Konterrevolution aufräumt." Der junge Stasi-Leutnant, der das sagte, erntete nur böse Blicke von den Gefangenen.

Aber das schien den überhaupt nicht zu interessieren. Er brüllte nur: „Alle stehen gerade, hatte ich gesagt. Blick gerade aus. Und es ist Ruhe. Wer etwas sagt, bekommt eine Einzelbehandlung. Die beiden Feldwebel neben mir, werden sich gerne um solche Subjekte kümmern."

Was er als Subjekte bezeichnete und was da im Keller der Normannenstraße stand, war ein bunter Querschnitt der Ostberliner Bevölkerung. Der weiblichen und der männlichen, der alten und der jungen.

Die MfS-Abteilungsleiter hatten beschlossen und die von ihnen in die Stadt gesendeten Trupps hatten gehandelt. Während der Demos hatten Mitarbeiter in Zivil fleißig aufgeschrieben, wen sie in der Menge zu erkennen glaubten. Mit diesen Protokollen als Grundlage, wurde später alles aufgegriffen, was da an Namen drinstand und was man greifen konnte.

Nach konterrevolutionären Subjekten sah zwar keiner von ihnen aus, dachte der junge MfS-Leutnant, aber seine Vorgesetzten würden schon wissen, was zu tun war.

Nur der komische Typ da vorne wusste das nicht. Er hatte sich umgedreht und sah den Leutnant an.

„Ich glaube, hier liegt ein Irrtum vor. Ich weiß nicht, warum ich festgenommen wurde", sagte er. Ruhig, aber bestimmt

„Ruhe", brüllte der MfS-Leutnant.

„Ich bin kein Konterrevolutionär. Ich bin Kommunist. Ich war im spanischen Bürgerkrieg und im NKFD."

Der MfS-Leutnant nickte nur seinen beiden Feldwebeln zu, die sich grob durch die Menge drängelten, um den alten Mann von links und rechts unterzufassen.

„Komm mit, Opa. Wir haben was zur Abkühlung. Danach gibt's ein gemütliches Plätzchen für dich. Zum Ausruhen."

„Wisst ihr, dass Francos Schergen auch solche Typen waren wie ihr? Ich werde auch euch überleben. Aber euch wird der heutige Tag noch leidtun."

Ort: Psyche, Moskau, Kreml

„Es wird euch noch leidtun, dass ihr mich vor Gericht stellen wollt", giftete Andropow.

„Sei froh, dass wir jetzt demokratische Regeln haben. Du bekommst ein faires Verfahren und musst keine Angst haben, plötzlich von irgendjemanden erschossen zu werden", erwiderte Chruschtschow mit einer Milde, die Andropow nur zum Kotzen fand.

„Das ist Demokratie", fügte Chruschtschow weise hinzu.

„Demokratie? Meint ihr, in einer Demokratie könnt ihr euch auch nur 5 Minuten an der Macht halten? Keiner von euch wird so lange regieren, wie der Genosse Wissarew", schrie Andropow seinen ehemaligen Gönner an.

„Wir werden auf das Volk hören", erwiderte Chruschtschow salbungsvoll. So, als übe er schon mal, mit dem Volk zu sprechen.

„Es wird Veränderungen geben. Eine neue Offenheit und Transparenz. Auch über deinen Prozess werden sie alles erfahren. Vor allem, was du mit ihnen vorhattest. Damit bist du auf jeden Fall erledigt", fügte er noch hinzu.

„Ich hätte unsere Ordnung aufrechterhalten. Mit euch wird dieses Land im Chaos versinken", konnte Andropow noch rufen, bevor sich die Tür hinter ihm schloss.

An einigen der Gesichter seiner Genossen konnte Chruschtschow erkennen, dass sie Andropow in gewisser Weise zustimmten.

Und auch er hatte ähnliche Ängste.

Aber unter Wissarew hatte er gelernt, solche Ängste nicht zu zeigen.

Mit allem Optimismus, den zu zeigen er in der Lage war, lächelte er in die Runde. „Nun Genossen, ich erwarte eine offene und lebhafte Diskussion und viele, viele Vorschläge. Kephalis hat Forderungen an uns gestellt. Forderungen, die wir erfüllen sollten. Wie wollen wir das tun?"

Ort: Psyche, Berlin, Normannenstraße

„Wie konntet ihr das tun?", fragte der alte Mann, während er ächzend versuchte, sich so hinzusetzen, dass die Schmerzen erträglich waren.

„Es ist alles nur ein bedauerlicher Irrtum, Genosse General", stotterte der MfS-Oberst, während er versuchte, dem General behilflich zu sein.

Der machte nur eine mürrische und abwehrende Geste.

„Ich habe nicht gegen die Nazis gekämpft, damit ihr euch jetzt wie die Nazis benehmen könnt", knurrte er. „Prügel mit dem Schlagstock, kaltes Wasser aus dem Schlauch und dann Krummschließen in Isolationshaft. Werden die anderen Gefangen auch so behandelt?"

„Nur die, die aufmüpfig sind. Die Tschekisten wussten nicht, wer Sie sind, Genosse General", hatte der MfS Oberst sein Stottern immer noch nicht abgelegt.

„Doch. Das wussten die. Ich habe deutlich darauf hingewiesen. Weichen Sie mir nicht aus, Genosse Oberst, oder Sie sind die längste Zeit Oberst gewesen. Gehen diese sinnlosen Verhaftungen und Folterungen weiter, will ich wissen?"

„Wir haben unsere Befehle."

„Die hatten die Nazis auch. Ich will ein Telefon und eine Verbindung ins ZK. Sofort."

Der Oberst führte ihn in sein Büro und verfluchte innerlich seine Untergebenen, die ein ehemaliges Mitglied des Politbüros des ZK der SED nicht erkannten.

Wenigstens hatten sie sofort reagiert, als der Genosse Schabowski anrief und fragte, ob es wahr sei, dass der Vater seiner Sekretärin vom MfS festgenommen worden sei. Als sie den Namen dieses Vaters hörten, handelten sie sofort.

Der saß nun am Telefon und redete. Er wählte immer wieder neu und sprach mit Leuten per du, die der Oberst nur aus der „Aktuellen Kamera"* kannte.

Dann legte er den Hörer auf und sah den Oberst an.

„Wissen Sie, wer Juri Wladimirowitsch Andropow ist?", fragte er.

Der Oberst nickte nur.

„Er hat das gleiche in Moskau versucht, was ihr hier in Berlin versucht habt. Inzwischen wurde er festgenommen. Die Gerichtsverhandlung wird öffentlich sein. Das wurde gerade beschlossen. Ich schlage Ihnen vor, Sie lassen Ihre Gefangen frei und entschuldigen sich so gründlich wie möglich bei denen. Vor Gericht wird das für Sie sprechen."

„Sind Sie befugt, mir Befehle zu erteilen?"

---

* Hauptnachrichtensendung des DDR-Fernsehens

„Sie lernen es nicht? Oder, Genosse Oberst? Das ist Ihre Sache. Informieren Sie Ihre Vorgesetzten. Falls die diese Information nicht bereits haben. Ich werde ein wenig Urlaub machen. In der Terra Nostra. In dieser Welt muss sich noch viel ändern, bevor ich wieder in ihr leben will."

Dass der General nach diesen Worten plötzlich verschwunden war, stand in keinem MfS-Dienstbericht.

**Ort: Psyche, Washington, D.C.,
White House Situation Room**

„Ich habe die Berichte alle gelesen", konstatierte ein müder US-Präsident. „Es freut mich, dass so viele Amerikaner ihrer Heimat treu geblieben sind."

Viele?, dachte der CIA-Direktor bitter, die Hälfte ist hiergeblieben. Nur die Hälfte.

„Das spricht für unser Land und unsere Verfassung", erklärte der US-Präsident weiter. „Außerdem haben wir endlich einen guten und politisch durchsetzbaren Grund, über alle globalen Konflikte zu reden und die auch zu beenden. Wir haben uns nun alle ein wenig Freizeit verdient."

„Sie wollen wirklich die Terra Nostra besuchen?", fragte der Vorsitzende der Vereinten Stabschefs, der sein Erstaunen darüber kaum verbergen konnte.

„Natürlich, Bus. Sie können gern mitkommen. Wenn ich es richtig verstanden habe, hat die Terra Nostra keine wie auch immer geartete Nomenklatura. Also ist mein Besuch dort rein privat. Kein Staatsbesuch."

„Aber das Fernsehen wird Sie begleiten, Sir?"

Dumme Frage, dachte der CIA-Chef. Die USA haben eine Nomenklatura. Und der US-Präsident wird immer ein Politiker sein. Auch, wenn er in fremde Welten reist.

Der US-Präsident hatte das genauso gesehen. „Wie hätte ich darauf verzichten sollen, Bus? Es wird bald gewählt. Ich will jede Chance auf eine zweite Amtszeit nutzen. Da muss man manchmal auch mit der Mode gehen."

Der US-Präsident stand auf. Die anwesenden Herren erhoben sich ebenfalls.

„Außerdem hat mir Schuler versprochen", fuhr der US-Präsident mit seinen Erklärungen fort, „mich seinem leiblichen Vater vorzustellen. Diesem Spion, namens Richard Sabota. Wie konnte ich da Nein sagen?"

„Sie reisen mit, Schuler?", fragte der General.

Der nickte nur. „Er wird unser Reiseführer sein. Wie er mir gestanden hat, ist er schon oft dort gewesen, um sich von seinem stressigen Job hier zu erholen", erklärte der US-Präsident den anderen, was er bereits wusste.

Shuler stand einfach nur da und grinste sein typisches, so harmlos wirkendes Jungen-Grinsen. Gekleidet war er, als ginge er noch auf die High-School.

Der Präsident hatte seinem Secret Service ein paar leise gemurmelte Anweisungen gegeben und wandte sich nun wieder an seinen umfangreichen Regierungsstab. „Meine Herren, meine Einladung, mich bei dieser Reise zu begleiten, schließt Sie alle mit ein. Und natürlich Ihre Gemahlinnen. Soweit vorhanden."

Überraschtes Murmeln war die Antwort darauf.

„Zeigen wir Amerika und der Welt, dass wir vor neuen Herausforderungen keine Angst haben."

Ort: Psyche, Moskau, Fernsehzentrum Ostankino

Das sowjetische Staatsfernsehen stand vor gewaltigen Herausforderungen. Anders, als bei den amerikanischen Networks und Privatsendern, gingen hier die notwendigen Veränderungen nur schleppend voran.

Als erstes wurde ein eigener Nachrichtenkanal geschaffen. Man behielt den Namen „Wremja" bei, ebenso wie die bekannten Gesichter, die diese Sendung immer moderiert hatten. Natürlich kamen auch neue Gesichter dazu, denn „Wremja" sendete nun rund um die Uhr.

Auch vom Prozess gegen den Genossen Andropow.

Und von den Demonstrationen, die es in der Sowjetunion immer noch gab. Und von den Versuchen vieler sowjetischer Teilrepubliken, die eigene Selbstständigkeit zu erlangen. Und, und, und …

Hauptattraktion aller Sender auf Psyche waren aber Reportagen aus der Terra Nostra.

Berichte von immer noch stattfindenden Weltraummissionen liefen eher nebenher. Das sollte sich aber schlagartig ändern, als sowohl in Baikonur, als auch in Houston die Meldung einging, man hätte eine fremde Raumflotte gesichtet.

Intermezzo 5

Es gibt ein eindeutiges Leitbild, geistige und physische Freiheit des Menschen. In dieser Welt sind sich die Massen dieses Zieles noch nicht bewusst, und der Weg dorthin ist schwer.

A.&B. Strugatzki, „Die bewohnte Insel", (Erde, 1969)

Ort: Psyche, Berlin, Grunewald, Villa Eberbach

Die Frau stand vor dem Spiegel und konnte nicht fassen, was sie da sah. Es dauerte eine Weile, bis sie die Frau hinter sich bemerkte, die ebenfalls in den Spiegel sah.

„Ich bin genauso jung und genauso schön, wie Sie", rief sie ihr zu, nachdem sie sie erkannt hatte.

„Nein", widersprach il caskars Mutter sofort. „So schön wie ich sind Sie schon immer. Aber Sie haben Ihre Jugend zurückerhalten."

„Meine Jugend zurückerhalten? Wieso?"

„Ich habe mein Versprechen eingelöst. Erinnern Sie sich?"

„Sie hatten mir versprochen, dass ich das bekomme, was ich mir am meisten wünsche. Ich habe mir am meisten meine Jugend gewünscht?", verstand die Frau nicht.

„Nein", widersprach il caskars Mutter wieder. „Aber das, was Sie sich am meisten gewünscht haben, geht besser, wenn Sie jung sind. Glauben Sie mir. Ich weiß besonders gut, wovon ich rede."

„Er hat sich immer Kinder gewünscht", sagte die Frau.

„Und mit Ihnen hätte er sie bekommen", erwiderte die Göttin.

„Das hat er aber nicht", verstand die Frau nicht.

„Weil ich es verhindert habe", erklärte die Göttin.

„Warum", verstand die Frau wieder nicht.

„Weil ich die Macht dazu habe", sagte il caskars Mutter fest und fügte leise hinzu: „Und weil ich ihn liebe."

„Das verstehe ich."

„Dann verstehen Sie sicher auch, was es für mich bedeutet, ihn die nächsten Jahrzehnte nicht mehr zu sehen?", fragte die Göttin.

„Warum wollen Sie ihn die nächsten Jahrzehnte nicht sehen?"

„Er wird mit ihnen glücklich sein."

„Und das ertragen Sie nicht?"

„Könnten Sie es?"

„Niemals", erwiderte die Frau.

„Ich muss es", sagte die Göttin dumpf, während sie sich langsam in das dunkle Braun verkroch, dass sie immer umgab. „Ich habe ein Versprechen einzulösen."

„Dann hat Ihr Sohn seine Aufgabe erfüllt?"

„Ja, das hat er. Und damit ist er auch Ihr Sohn."

„Werde ich Kinder haben? Mit Ihrem Mann?"

„Das werden Sie."

„Das reicht mir. Werden Sie glücklich mit Ihrem Sohn. Er ist ein guter Mensch", sagte die Frau.

„Ja. Inzwischen ist er das. Ich hoffe nur, er wird auch ein guter Gott sein", sprach sich die Göttin Mut zu.

Ort: *Terra Nostra, Richard Renatus´ Schloss*

„Hast du gesehen, was ich für eine gute Göttin bin", fragte sie mit Bitterkeit.

Er lächelte. „Du bist schon immer eine gute Göttin. Du beweist dir das nur zu selten."

Er sah ihre Reaktion nicht. Aber das Braun, das sie umgab, wurde ein wenig lichter.

„Haben wir Megalodon besiegt?", fragte sie.

„Es hat fast 70 Millionen Jahre gedauert. Aber, ja, wir haben ihn besiegt. Er ist endlich gestorben", versicherte Richard Renatus.

„Dann hat ja wenigstens etwas funktioniert. Ich habe jetzt viel Zeit. So ein Menschenleben kann sehr lange dauern, wenn Menschen glücklich sind", meinte seine Schwester bitter.

„Du hast einen hohen Preis für il caskars Sieg bezahlt."

„Das war es wert."

Er nickte nur dazu. „Deine Entscheidung."

„Gut, dass du das so siehst. Etwas anderes beschäftigt mich viel mehr. Ich habe jetzt die Zeit dafür. Also, klär mich auf. Wie wird man zum Arbiter Deus?", fragte il caskars Mutter.

„Du bist es bereits."

„Ich bin es bereits? Seit wann? Wieso?"

„Seit ca. 5 Minuten. Und du bist es durch die Entscheidungen, die du in der Villa Eberbach getroffen hast."

Das Braun löste sich sofort auf. Er sah, dass sie sehr wütend war. Und sehr verwirrt. „Durch diese Entscheidung? Einfach so?"

„War es denn eine einfache Entscheidung?"

„Es war das Schwerste, zu dem ich mich je durchgerungen habe."

„Aber es war richtig?"

„Es fühlte sich so an."

„Dann war es auch richtig."

„Dein eigener Tod", fragte sie zögerlich, „hat sich also für dich richtig angefühlt?"

„Der Gott des Lebens muss auch den Tod ab und an erfahren. Ohne Tod gibt es kein Leben."

„Ohne Geburt auch nicht."

„Dann kommt ein Haufen Arbeit auf uns beide zu, da du für die Geburten zuständig bist. Und ich für das Leben."

„Und die Selachii? Was ist mit denen und ihrer Welt?"

„Genau das meine ich. Diese Welt wird sterben. il caskar wird eines Tages in der Lage sein, diese Aufgabe zu erfüllen. Und wir werden ihn auf diesem Weg begleiten."

„Weil wir ein neues Selachii entstehen lassen?", verstand sie jetzt.

Er lächelte. „Das wird die Aufgabe des Alten Hohen Rates sein", erklärte er ihr.

„Des Alten Hohen Rates? Ich dachte, als Arbiter Deus geht man in Rente?"

„So ist es. Aber Rentner haben niemals Zeit."

„Dann bin ich ja beruhigt. Ich dachte schon, ich müsste mich furchtbar langweilen, nachdem ich meinen Mann dieser Frau überlassen habe", fand sie ihr Lächeln wieder.

„Ich weiß, dass es dir reicht, ihn glücklich zu wissen."

Ort: Psyche, Berlin, Grunewald, Villa Eberbach

„Sie sehen sehr glücklich aus", stellte il caskar fest. „Und sehr jung noch dazu."

„Sie hat mich belohnt, müssen Sie wissen."

„Wer? Meine Mutter?", verstand il caskar nicht.

„Ja. Ist das nicht herrlich", strahlte die Frau.

„Meine Mutter hält sich an ihre Versprechen? Geht die Welt unter oder was?", fragte il caskar verblüfft.

„Nein" sagte sein Vater, der gerade eingetreten war. „Deine Mutter hat wieder zu dem gefunden, was sie einmal war."

„So kenne ich sie aber nicht."

„Nein. Du mein Sohn, kennst nur die verbitterte Frau. Die Göttin des Herdfeuers, der Geburt und der Fruchtbarkeit. Die nicht in der Lage ist, eigene Kinder zu bekommen."

„Sie hat eigene Kinder bekommen. Auf diese verdammte menschliche Art, die einfach nur unsauber und widerlich ist", erwiderte il caskar heftig. „Ich weiß das. Ich kannte meine älteren Geschwister."

„Und du weißt, wie sie alle gestorben sind. Keiner von ihnen wollte die Unsterblichkeit, die wir ihnen angeboten haben."

„Das stimmt, Vater. Meine Geschwister waren schwach. Sie haben den Krieg der Kinder verloren."

„Den du gewonnen hast? Gegen deine eigene Familie?"

„Ich war stark. Ich bin stark. Auch wenn Sie, liebster Herr Vater, das nie zur Kenntnis genommen haben."

Die Frau sah mit Entsetzen die Wut im Gesicht ihres Mannes.

Eine Wut, die mächtig genug schien, ganze Galaxien zu vernichten. Also ging sie zu ihm und lehnte sich an ihn an. Das schien ihn zu beruhigen.

Er sah seinen Sohn an. „Es ist möglich, dass unser Verhältnis nicht immer das Beste war. Das ich Ihnen nicht der gute Vater war, den ich Ihren Geschwistern gegenüber immer gewesen bin. Das gebe ich zu", sagte er mühsam.

il caskar musterte ihn eine ganze Weile.

„Es muss dir ganz schön schwergefallen sein, das zuzugeben. Uns von Eberbach fällt es schwer, Schwächen oder Fehler einzugestehen. Das ist unsere Schwäche."

„Ja, mein Sohn, diese Schwäche haben wir."

„Das weiß ich jetzt. Und ich werde mir Mühe geben, diese Schwäche zu überwinden. Seine Schwächen zu kennen, ist die eigentliche Stärke von Göttern."

„Ja. Du hast es tatsächlich geschafft, ein Gott zu werden. Ein richtig starker Gott."

„Und ein Vollbürger, Vater", ließ il caskar sein Schwert aufblitzen. Nur ganz kurz. Weil er die Frau, die sich sein Vater genommen hatte, nicht erschrecken wollte.

War es nicht schrecklich, wie sehr sich il caskar verändert hatte?

Sein Vater sah das wohl anders. Er ging auf ihn zu und reichte ihm die Hand.

il caskar nahm sie und schüttelte sie. Dann haute er ihm auf die Schulter und sagte grinsend: „Du hast eine Frau geschwängert, Vater. Ich hoffe, du bist Manns genug, für die Folgen einzustehen. Die werden furchtbar sein. Es werden nämlich Zwillinge. Gleich zwei Kinder! Es gibt nichts Schlimmeres. Nicht mal mein Job beim Neuen Hohen Rat ist schlimmer."

Ort: *Psyche, Scandia, Schloss Gripsholm*

Nach und nach trafen die Mitglieder des Neuen Hohen Rates ein.

Und auch einige, die nicht mehr dazu gehörten.

„Haben wir's geschafft?", fragte il caskar, kaum dass alle einge-troffen waren.

„Mein Vater hat endlich Ruhe gegeben", erwiderte Takhtusho kauend. „Er wartet darauf, dass der schwarze Herzog sein Verspre-chen einhält, das er ihm mental übermittelt hat."

il caskar grinste. „Die große Überraschung, die er ihm versprochen hat? Hoffentlich überlebt er die."

„Ich glaube, er ahnt bereits, dass unsere Mutter noch lebt", gab sich Bcoto als Spielverderberin. „Den Tod Megalodons hat er mitbe-kommen. Er hat auch bemerkt, dass Selachii trotzdem noch exis-tiert."

„Es existiert auch durch euch", gab Richard Renatus einen Tipp.

Takhtusho sah ihn fragend an, während Bcoto sofort abwehrte: „Ich werde niemals Megalodon sein."

„Aber es ist euer Erbe. Ihr müsst es antreten. Die Verantwortung für eine ganze Welt kann man nicht einfach so ablehnen. Erstrecht nicht, wenn diese Welt im Chaos zu versinken droht."

„Welches Chaos droht Psyche?", fragte Kowalski misstrauisch.

„Warum?", tat Richard Renatus als würde er ihn nicht verstehen.

„Die Romulanische Raumflotte ist eingetroffen. Sie hat nur per Funk Kontakt aufgenommen und hält sich am Rande des Sonnensys-tems auf", erklärte Kowalski, warum er weiteres Chaos vermutete.

„Sie wollen euch helfen. Gegen ihre Erzfeinde. Die werden bald auf Psyche eintreffen. Sie kommen immer, wenn sie glauben, eine Welt wäre schwach genug, um sie zu erobern."

„Die Selachii?", verstand Kowalski nicht.

„Selachii werden sie auch versuchen zu erobern. Auch diese Welt halten sie inzwischen für schwach genug."

„Nach Selachii kommt man nicht mit einer Raumflotte", warf Takhtusho ein.

„Das haben sie nicht nötig. Sie reisen durch die RaumZeit. Sie leben nur für Eroberungen. Ihre ganze Gesellschaft lebt dafür."

„ENYO gibt es wirklich?", fragte Sakania. „Das waren keine Gruselgeschichten, die du uns als Kinder erzählt hast?"

„Die besten Gruselgeschichten schreibt immer noch das Leben", erwiderte ein lächelnder Richard Renatus.

„Dann wird auf Psyche niemals Frieden herrschen?", war Sakania enttäuscht.

„ENYO wird auch versuchen Terra Nostra anzugreifen. Wieder einmal. Und wieder einmal werden sie scheitern", versuchte Richard Renatus, ihr einen Tipp zu geben.

Sakania sah ihren ehemaligen Lehrer an, ohne ihn zu verstehen.

„Du meinst, wenn es genug Menschen auf Psyche gibt, die Frieden wollen, wird es eine friedliche Welt? Und auch ENYO kann ihr nichts anhaben?", glaubte Kowalski verstanden zu haben.

„Genug Menschen, die Frieden wollen, gibt es bereits auf Psyche", bekam er von Richard Renatus zur Antwort.

„Aber sie tun noch zu wenig dafür?", fragte Kowalski.

Richard Renatus dachte, sein Verschwinden sei Antwort genug.

Ort: *Psyche, Terra Caelica*

„Das soll genug sein?", grollte der Lavamensch.

„Tut mir leid, aber mehr wirst du von deiner Exfrau nicht zu erwarten haben", erwiderte der Schwarze Herzog schulterzuckend.

„Diesen Körper hat sie mir gefertigt?", grollte die lebende Lava immer noch.

„Du kannst ja in deinem jetzigen bleiben. Frieren wirst du da drin bestimmt nicht. Aber auch keine Schönheitspreise gewinnen", spottete der Herzog.

„Ich hatte einen menschlichen Körper erwartet", beschwerte sich die lebende Lava.

„Ein Mensch zu sein, das hattest du doch schon. Freu dich lieber über die neuen Herausforderungen, die dir der neue Körper bietet. Außerdem ist er standesgemäß. Immerhin warst du einst ein Herrscher. Mit dem wirst du wieder einer sein."

Ricardo Bellator sah auf das, was vor ihm im Wasser schwamm. Dann sah er auf das, was viel weiter Draußen im Wasser schwamm. „Meinst du, sie wird mir verzeihen?"

„Ich habe leider keine Erfahrungen mit toten Ehefrauen. Aber ich denke, auch das wirst du herausfinden. Wenn du deinen neuen Körper annimmst", versuchte der Herzog zu vermitteln.

Es gab nur ein kurzes Beben, danach war von der Lava nur noch schwarze Asche übrig.

Während sich ein sehr, sehr großer Weißer Hai dem draußen schwimmendem riesigen Weißen Hai näherte.

Wir kennen die Diskretion, für die der Schwarze Herzog in allen Welten des Multiversums berühmt war. Er ließ die beiden allein.

Epilog   *... Et In Psyche Pax?*

Als der Menschengeist aus dem Paradies gestoßen worden war, begann er zu erkennen, wie töricht er gehandelt hatte.

Karl May, „Et In Terra Pax", (Erde, 1901/1904)

Ort: Selachii

Psyches Abbild schwamm in der Mitte.

Die Haie schwammen um dieses Abbild herum.

Als könnten sie sich noch nicht so richtig zum Zubeißen entschließen. Ausreichender Appetit war ihren Mienen durchaus anzusehen. Aber auch Furcht.

Und Haie, die sich fürchten, sind ein furchtbarer Anblick.

Das schien zumindest der größte unter ihnen zu denken.

„Es wird Krieg geben um Psyche", signalisierten seine Gedanken.

„Es muss Krieg geben um Psyche", signalisierten die anderen, viel kleineren Haie zurück.

Dann schwammen sie um den großen Weißen Hai herum.

Schließlich war der Megalodon. Ihr oberster Herr und Gott. Die Quelle ihres Seins und Denkens.

Sie schwammen um ihn herum. Versicherten ihm so ihre ewige Treue. Und die Bereitschaft, für ihn zu sterben.

In diesem Krieg.

Den Krieg um Psyche.

Danach verschwanden sie.

Als alle weg waren, schrumpfte Megalodon.

Und veränderte seine Gestalt.

Es hätte die anderen Haie sicher entsetzt, dass ihr „Gottesdienst" zwei Menschengöttern gegolten hatte.

Bcoto und Takhtusho sahen sich an.

„Wenn die irgendwann mal herausbekommen, was mit Megalodon wirklich geschehen ist, gibt es richtig Ärger", sagte Bcoto.

„Du weist gar nicht, wie ich mich auf diesen Kampf freue", erwiderte ihr Bruder.

Ort: Orbit über Psyche, Romulanische Flotte

„Freust du dich auf den Kampf, Tribun?", fragte Witte.

Der Kommandeur der Romulanischen Flotte schüttelte den Kopf. „Ein Romulanischer Soldat freut sich nicht auf den Kampf. Aber er fürchtet ihn auch nicht."

„Weißt du, was mir an deinen Worten am besten gefällt?"

Der Tribun schüttelte den Kopf.

„Dass du denkst, was du sagst. Das ist selten."

„Wurde ich deshalb zum Kommandanten der Flotte gewählt?"

„Ich glaube schon."

„Wird es der furchtbarste Krieg werden, den wir je hatten?"

„Es wird ein anderer Krieg werden, als die, die wir je hatten. Furchtbarer wird er sowieso. Immerhin geht es gegen die ENYO. Mächtigere Feinde gibt es nicht."

„Aber wir haben unsere Götter auf unserer Seite. Mächtigere Verbündete gibt es nicht. Also werden wir gewinnen."

„Gewinnen? Einen Krieg kann man nicht gewinnen. Man kann nur dafür sorgen, dass der Sieg nicht zu teuer bezahlt ist, die Niederlage nicht zu vernichtend ausfällt."

„Genau das will ich erreichen, Vater."

„Deshalb wurdest du zum Oberbefehlshaber gewählt. Und dabei werde ich dir immer helfen, mein Sohn."

Ende

Die Vorgeschichte lesen Sie in: **TERRA NOSTRA**

Die Fortsetzung zu PSYCHE lesen Sie in: **ENYO**

als Richard Rath noch ganz jung war … lesen Sie in:

„Von einem Gott, der auszog, ein Mensch zu werden"

Danksagung

Als ich meinem Freund Deiwos am Anfang der 1990er Jahre versprach, die Geschichte der Familie Waldenburg aufzuschreiben, ahnte ich noch nicht, worauf ich mich da einließ. Die ersten 6 von vielen weiteren Büchern über die Waldenburgs sind druckreif oder erschienen. Zeit, sich bei allen zu bedanken, die mich dabei unterstützt haben.

Ein Dankeschön an meine Töchter Sophie und Vanessa. Einfach nur, weil es euch gibt und weil das allein schon die nötige Kraft verleiht. (Wer Kinder hat, weiß, was ich meine. Wer noch keine hat, wird diese Erfahrung hoffentlich noch machen.) Ein Dankeschön natürlich auch meiner Familie. Denen, die noch leben. Aber auch denen, die leider nicht mehr am Leben sind. Schriftsteller leiden unter dem ständigen Mangel der Bodenhaftung und unter permanentem Realitätsverlust. Gut, dass es Menschen gibt, die für die dann nötige „Erdung" sorgen.

Die anderen Danksagungen folgen in zeitlicher Reihenfolge: Ein Dankschön an Uwe Naumann (damals Leiter des Pioniertheaters „Nathalia Satz", Großenhain), der mir meine erste „Buchvorstellung" ermöglichte. Den Drang, unbedingt schreiben zu wollen, hatte ich bereits damals. Seit meiner „Buchvorstellung" in Neukirch (OL) weiß ich auch, dass meine Geschichten beim Publikum ankommen.

Meinen Dank ebenfalls an Frank Stibane, der durch seine sehr zielführende Kritik dazu beigetragen hat, das erste Buch „Imperium" aus einer Sackgasse zu führen. Danach war Licht am Ende des Tunnels der über 2000 Seiten von PSYCHE.

Meinen Dank auch an Cecilia Groß, meine erste Probeleserin. Wer schon einmal ein unfertiges Manuskript gelesen hat weiß, was sich Probeleser/innen antun müssen.

Danke sage ich deshalb auch meiner Probeleserin Heide Steinhof, die immer Zeit hatte, sich meine Manuskripte „anzutun". Ihre Kritik über den Mangel an Liebesszenen (Frauen und ihre Vorlieben!) im ersten Teil von „Curare" führte dazu, dass ich mehr davon in die Story einbaute. Und dazu, dass ich „Ich bin nun mal (k)ein Casanova" schrieb. Beides hat richtig Spaß gemacht.

Fast zum Schluss noch meinen Dank an Tredition in Hamburg. Bei Tredition ist es möglich, ohne Einflussnahme auf den Inhalt des Buches durch den Verlag, seine eigenen Geschichten zu schreiben. Man bekommt einen schnellen und leichten Zugang zum deutschen und internationalen Buchmarkt. Indem man eine ISBN erhält und alle Unterstützung, die man außerdem benötigt, damit sich das fertige Buch im Bücherregal nicht vor den anderen Büchern schämen muss. Gute Idee.

Mein letzter Dank gilt „buchblogger4you.de". Was für eine geniale Idee! Indy-Autoren lesen gegenseitig ihre Werke und rezensieren sie. Und es funktioniert! Auch Dank der couragierten Arbeit aller an dieser Community Beteiligten. Ein besonderes Dankeschön aber an Scarlett, die meine „fetten" Werke rezensiert hat. So wusste ich immer, wo ich stand, und hatte damit auch den Mut, dieses „Mammutprojekt" zu beenden. Danke für Deine Rezensionen, Scarlett.

Danke auch an alle, die ich (vielleicht) vergessen habe.

Thorsten Klein   Großenhain, 18.08.2020

Über den Autor

Thorsten Klein wurde am 02.Oktober 1964 in Großenhain geboren. Dort lebt er immer noch.

Nach einer Ausbildung im Großenhainer „Institut für Lehrerbildung", begann er sein Berufsleben im Gesundheitswesen. Nach vielen Jahren in der Erziehungshilfe und einem Studium zum Dipl. Sozialpädagogen/Dipl. Sozialarbeiter, ist er nun in verschiedenen Feldern der Sozialarbeit tätig.

Weitere Informationen zum Autor und seinen Büchern:

www.planet-psyche.de

nächsten Seite: Karte von PSYCHE

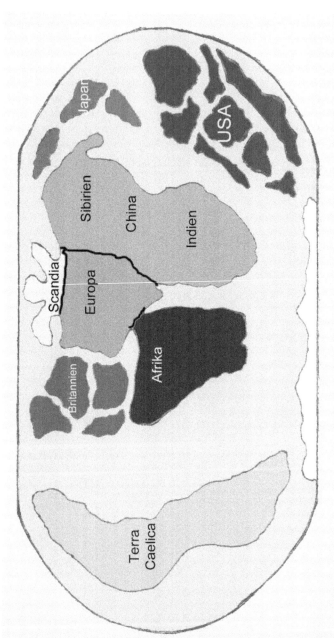

Japan

USA

Sibirien

China

Indien

Scandia

Europa

Afrika

Britannien

Terra
Caelica